BUM BUM BUM

BUM BUM BUM

Nicolás Giacobone

R

RESERVOIR
BOOKS

Juan

Alfombra color gris claro con mancha de lo que supongo es café a diez centímetros de la pata de la cama. ¿Dónde se metió? No sé qué le pasó, y por eso imaginarlo es torturarme en vano. Quiero pensar en otra cosa. Cualquiera. Alfombra gris con mancha de café a… Cuando venga la voy a obligar a cortarme los pelos de las orejas; penachos cada vez más duros, como los de mi abuelo. Eso: mis abuelos. Los extraño. No tanto. Cuando Agustina apareció dejé de extrañarlos. ¿Dónde se metió? Agustina, mi felicidad. Alfombra con mancha…

Mi vieja me dijo hace mucho que hay que desconfiar de la felicidad.

La felicidad puede ser una patada en los huevos. No hay que aferrarse a la felicidad, vivir colgado de ella como de un globo relleno de helio en un mundo de alfileres.

Mi vieja decía un montón de cosas que yo no terminaba de entender. Por ejemplo, que la felicidad es un grano infectado, cargado de pus, que duele pero al mismo tiempo nos gusta tocar, nos gusta que nos duela. Un grano que un día te explota en la cara y luego hay que quitarse el pus de los ojos y seguir adelante.

En mi caso la felicidad no es un globo, ni un grano infectado, ni una patada en los huevos. La felicidad es una mujer que nació

7

hombre, hermosa, con un pene y testículos y dos tetas perfectas excepto por las cicatrices de cinco centímetros.

PAULA

Durante meses les había rogado a mis abuelos que me regalaran una laptop: la más barata, la más pesada, no importaba. La mañana de mi decimonoveno cumpleaños me dieron la sorpresa. Una Compaq Presario. Quise abrazarlos. Abrí la caja a las apuradas y, sin leer las instrucciones, enchufé la laptop y la prendí.

No venía con el Microsoft Word cargado. Les pregunté cómo era posible que la laptop no tuviese el Microsoft Word cargado. Me miraron con sus sonrisas de gente vieja, dos caras con una sola sonrisa, y me preguntaron si me gustaba.

Sí, les dije, gracias.

Besé a mi abuela en la mejilla, a mi abuelo le di un golpe cariñoso en el hombro, y les pedí que salieran. No salieron. Nos miramos. Les dije que quería encerrarme a trabajar.

¿Qué vas a hacer?, dijo mi abuela.

No les había contado mi decisión de escribir una novela. Tampoco que no pensaba salir de mi cuarto hasta terminarla. Había tomado la decisión meses atrás, pero estaba esperando que me regalaran la laptop.

Ahora ya estoy lista, pensé, aunque me falta el Word.

Mi abuela se metió en la cocina y volvió con una porción de rogel con una velita clavada en el merengue. Nos informó que Juan no se despertaba.

Ya le grité cinco veces, dijo.

Dejalo dormir, le dije.

Se me vinieron encima con la torta y se pusieron a cantar el feliz cumpleaños en voz baja.

AGUSTINA

Estoy convencida de que tengo talento, mucho más del que imaginé tener cuando se me ocurrió empezar a estudiar actuación. No quiero decir que sea una Meryl Streep, o una Isabelle Huppert, pero me defiendo. Como decía mi abuela: «Tengo con que».

Estoy convencida de que tengo talento y de que nunca nadie me va a dar la oportunidad de usarlo, de ponerlo a prueba, de mostrarlo.

Debería haber nacido dentro de quince años. El mundo aún no encontró la manera de normalizarnos, de considerar a los que son como yo *gente normal*. En algunas partes pretenden creer que sí, pero el más mínimo desbarajuste económico o social es suficiente para sacar a luz lo que en realidad piensan.

La mayoría de la gente preferiría que no existiéramos. Y de alguna manera los entiendo: con hombres y mujeres es más que suficiente. Pero ¿qué se le va a hacer? Acá estamos. *Somos*. Y queremos vivir, al igual que ustedes. No queremos vivir *como ustedes* (o quizá sí, como algunos de ustedes), pero queremos *estar vivos*, y disfrutar en lo posible de estar vivos, y sentir que el mundo nos acepta vivos al igual que acepta a la mayoría de ustedes.

En realidad lo que quiero es que Juan esté vivo. Lo extraño cada día más. Aunque cada día el recuerdo se parece menos a Juan. El Juan en mi cabeza va dejando de ser Juan para convertirse en un santo imperfecto y desganado.

Juan

El color del acolchado no existe. Agustina lo llamaría «verde», pero nunca vi un verde tan parecido al violeta. Quizá sea daltónico, lo que justificaría mi rotundo fracaso como pintor.

Ya no pinto. Hace años que no pinto. Hace años que me dedico al arte conceptual, a las instalaciones. Y en las instalaciones los colores…

En las instalaciones los colores son tan esenciales como en la pintura. Lo más probable es que no sea daltónico y que el acolchado no sea verde. Lo más probable es que no le haya pasado nada y me esté haciendo la cabeza al pedo.

Extraño nuestro acolchado. Agustina lo compró en un negocio del Soho. Nos salió más caro que el colchón, pero me dijo que era el acolchado más lindo que había visto, el más suave, que quería dormir abrazada por ese acolchado lo que le quedara de vida. Entonces lo compramos y cargamos por las veredas siempre atestadas de Manhattan hasta nuestro departamento en Tribeca. Y la verdad es que tenía razón: era muy agradable dormir abrazado por aquel acolchado, que si no me equivoco, si mi mente no me engaña, era azul marino.

Agustina rompió en llanto cuando supo que nos lo habían robado. Tuve que consolarla como si hubiese sido la mujer de un soldado a la que le acababan de avisar que su marido no iba a volver del frente. Hace un mes entraron a nuestro departamento y se llevaron todo: los pasaportes, mi laptop, el iPad de Agustina, la televisión, la Playstation recién comprada, la Nespresso Vertuoline, gran parte de la ropa y, aunque sea difícil de creer, el acolchado.

Solíamos dejar la puerta del departamento abierta. Nos habían dicho una y otra vez que Manhattan era la ciudad más segura del mundo, y que en Tribeca nadie cerraba la puerta con llave, y nos animamos a no cerrar la puerta con llave, y durante meses no pasó nada, nos convencimos de que Manhattan *era* la ciudad más segura del mundo, y alardeábamos con los visitantes del hecho de vivir en la ciudad más segura del mundo, una ciudad donde no es necesario cerrar la puerta con llave, hasta que un día volvimos de cenar sándwiches de pastrami en Katz y nos dimos de cara con el vacío.

No debería llamarlo «vacío». En esta parte del mundo ya no existe el vacío.

Nos comunicamos con el consulado argentino y nos dijeron que podían ayudarnos a tramitar nuevos pasaportes. Pero cuando fuimos lo encontramos cerrado: un cartel decía que iba a estar cerrado hasta nuevo aviso, que por favor nos comunicáramos con la embajada en Washington.

PAULA

Mis abuelos lucharon durante años (desde que papá murió de cáncer de pulmón, la misma enfermedad que había matado a mamá) por mantener un aire de normalidad en casa, una apariencia de familia común y corriente. Y por un tiempo lo lograron. Juan y yo aceptamos esa artificialidad. Aunque él no tardó en romperla: primero mudándose a un monoambiente a cinco barrios de distancia, y luego trayéndonos a Agustina, su novia con pene.

Yo también rompí la artificialidad encerrándome. Tras recibir mi Compaq Presario, me fui encerrando en mi cuarto, en mis paredes de ladrillo y cemento y el *drum and bass* al palo, a escribir una novela que hoy, quince años después, aún no logro terminar.

Recuerdo la expresión escéptica de Juan cuando le mostré la laptop y le conté que iba a escribir una novela. ¡Cuánto lo detesté! Su sonrisa, sus palabras alentadoras…

Unos días después le mostré el primer párrafo que había escrito en un mail que me había mandado a mí misma (aún hoy escribo la novela en mails; un párrafo por mail; en estos quince años me mandé cuatro mil treinta y siete mails; no sé cuántas páginas tiene la novela, nunca la imprimí, nunca la traspuse a un archivo de Word; aún sigo sin tener el Word en la laptop; me acostumbré a escribir los párrafos en mails, y me funciona, y la laptop también funciona, no la batería pero sí el sistema operativo, aunque no lo puedo actualizar, y no quiero romper la cábala) y Juan permaneció un rato en silencio con los ojos en la pantalla, y luego soltó un chasquido, un sonido espantoso, y dijo:

Nunca fui muy fanático de la tercera persona.

Yo tampoco, le dije. Pero la primera parte funciona como fábula. La protagonista cuenta una historia que pasó hace mucho tiempo. Una historia que luego va a resonar en su propia historia.

Entonces no es una tercera persona, dijo.

¿Cómo?

Si la protagonista la cuenta…

Siempre hay alguien que cuenta, Juan. Incluso en manuales de electrónica hay alguien que cuenta. Eso no quiere decir que…

Otra vez el chasquido.

Digo, le dije, si lo que se cuenta trata de personajes que no son el o la que cuenta…

Me dijo que le resultaba incómodo leer en mails. No volví a mostrarle lo que escribo.

AGUSTINA

Vi a Juan por primera vez en la clase de pintura. El único de los estudiantes que no me miraba como un objeto, como una naturaleza muerta que por alguna razón se movía y respiraba. Unos días luego me llamó, nervioso (tan nervioso que pensé que se estaba burlando de mí), y me invitó al cine.

Cena y cine, dijo, o cine y cena, como prefieras.

Tardé en contestarle. Tuve que pedirle que me disculpara, que había un problema con la línea.

José me preguntó si estaba segura de que el pibe ese sabía.

No sé, le dije. Creo que sí. Imagino que Ramón le habrá contado.

Esa noche José presentó uno de sus happenings. Invitó a amigos al departamento con la excusa de pedir comida china y ver una película y, cuando llegaron, les abrí la puerta y se dieron de cara con José en bombacha y corpiño saltando al ritmo de «We Will Rock You». Dos invitados giraron y se fueron. Los otros se acomodaron por el living a disfrutar de una imitación mala de un monólogo de Artaud que José escupió agitando su cuerpo como los pájaros.

La verdad es que siempre lo envidié. Viví varios años con José, en parte porque necesitaba alguien con quien compartir el alquiler, pero principalmente porque me inspiraba su capacidad de ir hacia delante, de hacer oídos sordos a lo que decían de él y de cerrar los ojos ante el espejo inmenso que le echaba en cara la ausencia de talento.

José, el artista, no le tenía miedo a nada.

José, la persona, vivía con el terror constante de que su madre, Imelda, volviera de Allen, Río Negro («Woody Allen, Río Negro», según Juan), y lo fajara. Imelda le dio para que tenga más de una vez, en especial cuando José empezó a mostrar manierismos de puto.

Tres noches a la semana se despertaba con ataques de pánico. La taquicardia le iba creciendo hasta que rodaba fuera del sofá cama y venía a despertarme, convencido de que le quedaba poco tiempo.

Mis ataques de pánico son distintos, menos teatrales, y huelen a vegetales hervidos. A veces, cuando se me da por hervir vegetales, sufro pánico a sufrir un ataque de pánico. Pero los ataques verdaderos se me suelen venir encima en la calle. Se me vienen encima desde adentro. Voy caminando tranquilamente mirando vidrieras y el hedor súbito a brócoli y zapallo hervido me paraliza. No puedo hacer otra cosa más que quedarme quieta donde sea que esté, y cerrar los ojos, y apretarme los lóbulos de las orejas como me enseñó la abuela de Juan, hasta que el hedor me abandona.

Supongo que es imposible no padecer ataques de pánico cuando uno sale de pueblitos como Allen o San Luis del Palmar.

MATTHEW

Los clientes cada vez son menos. No sé por qué no cerramos la gomería y nos convertimos en almas perdidas al igual que los que pasan a visitarnos día por medio y les regalamos una lata de cerveza y un rato de silla de playa, la que tiene el apoyabrazos derecho vencido.

Almorzamos hamburguesas que Jake cocina al horno porque la parrilla a gas hace meses que se rompió y ninguno de los tres piensa arreglarla. Los bollos de pan están un poco duros ya que pasaron cinco o seis días desde que los robé del *deli*, pero les quitamos la miga y escurrimos chorros de salsa barbacoa y *horseradish* y dejaron de existir.

Jake y Ralph no pueden con sus cuerpos. Yo siempre tuve el talento de no engordar. Aunque a veces me gustaría detenerme frente a un espejo y ver toda la basura que me meto reflejada en ese cuerpo, mi cuerpo. Quiero que un espejo refleje un cuerpo que refleje la basura que me meto día tras día desde que tengo quince años.

Cerramos la gomería a las cinco en punto. Caminamos por Jameson hasta la casa de Ralph y luego Jake y yo por Monroe hasta la casa de Jake y luego yo seis cuadras por Wilson hasta casa, donde Celia me espera con una cena que aunque sea pasta o carne o arroz huele siempre igual.

Me lavo las manos con detergente en la cocina y me las seco con el repasador húmedo.

Celia se pasa la tarde viendo tele esperando que Billy vuelva del colegio. No entiendo cómo soy capaz de seguir amándola. Pero la amo. Amo su cocina desabrida y su ronquido inquebrantable y lo poco que me excita. Ninguna mujer puede excitar a su hombre luego de tantos años de convivencia. Ningún hombre puede excitar a su mujer luego de tantos años de convivencia.

JUAN

No nos comunicamos con la embajada. Nos metimos en La Colombe, pedimos dos lattes helados, y nos pasamos media hora mandando mails, yo a mi hermana y mis abuelos y Agustina a sus viejos en Corrientes, diciéndoles que estábamos bien, que nos íbamos a instalar unas semanas en una casita en los Adirondacks, frente a un lago, a descansar y esperar que abriese el consulado.

En realidad nuestra intención principal no es tanto esperar que abra el consulado sino decidir con tiempo qué queremos hacer de nuestras vidas, gastando la menor plata posible. El entorno ajeno nos va a permitir ver con mayor claridad qué queremos hacer de nuestras vidas.

Pero aún no llegamos a los Adirondacks. Nos detuvimos a descansar un par de noches a mitad de camino, en un pueblo llamado Noha.

No sé si va a ser posible decidir qué hacer con nuestras vidas. ¿Tenemos permitido decidir? Antes nos lo permitían, hoy no tanto.

Suponemos que lo mejor es dedicarnos a no hacer nada un tiempo, hasta que la idea o imagen de lo que queremos hacer con nuestras vidas se nos aparezca. Nos pasamos el día tirados en la cama viendo tele y leyendo. Nos quedamos abrazados sin movernos ni decir nada, disfrutando del simple hecho de tenernos, de no ser solos.

PAULA

Los abuelos van y vienen. Viven yendo y viniendo. Juan no soportaba que vivieran yendo y viniendo. Tampoco soportaba mi *drum and bass* al palo.

¿Por qué no te ponés auriculares?, decía. Te los compro. Los más caros. La marca que quieras.

Pero yo no podía usar auriculares. No puedo usarlos. Los auriculares te meten la música adentro, te la martillan. Y la música (el *drum and bass* que no sé si es música) debe existir afuera, *sirve* afuera, como pared, como cono del silencio, como campo energético absorbente de voces y pasos y electrodomésticos. En especial disfruto de las canciones (no sé si son canciones) que tienen un bajo profundo que hace vibrar los parlantes. El parquet vibra, y la vibración me sube por los pies. Los mejores párrafos los tipeo cuando los pies me vibran.

Mis abuelos nunca entendieron el *drum and bass*. La gente que nació antes de 1970 no entiende el *drum and bass*.

Juan insistía con que saliera de mi cuarto: buscate un laburo, tenés que ayudar a los abuelos. Y yo le contaba de Emily Dickinson: el arte de vivir recluido, escribir desde un agujero profundo. El escritor debe ser una especie de gusano híperconsciente.

Pero ¿qué sabe un pintor del arte de escribir? Un pintor que abandonó la pintura a los pocos años de haber empezado y se inventó una carrera de artista conceptual.

Aunque admito que casi me cago encima cuando vi su primera instalación. Algo en mí decía que me tenía que burlar de aquel árbol navideño inmenso del que colgaban decenas de muñecos Ken ahorcados, pero no pude, me dejó sin palabras.

Los abuelos nunca saben qué decir de las instalaciones de Juan. Tampoco de sus cuadros. Abstracciones, el estilo de pintura que eligen los que no saben pintar: desparraman colores en los lienzos con la esperanza de acertar en lo que sea que los críticos o coleccionistas anden buscando.

Mi hermano no acertó con la pintura, pero sí con el arte conceptual. Otro artista sin preparación, sin capacidad de sacrificio, que se termina llenando de guita. Juan es un genio. Un caradura. Un engreído insoportable que oculta su engreimiento tras una máscara de humildad.

Antes de mudarse a New York presentó su primera pieza de videoarte. Convenció a un amigo de que le hiciera una copia del video del parto de su mujer, y cortó el segmento en el que la criatura sale de la vagina y lo editó en forma de *loop*, un *loop* que va hacia delante y hacia atrás, por lo que la impresión que genera el video es que la criatura se está cogiendo a su propia madre.

Recuerdo la noche que estábamos cenando acá en casa con él y Agustina, y Juan me contó que había vendido veinte copias de su video, que si no me equivoco había titulado *Rape*. Me dijo que cada copia valía mil dólares, y que las mandaba en un simple CD autografiado.

Un pendejo con suerte mi hermano. No imagina la roca inmensa que debo levantar y sostener sobre mi cabeza todos los días en este cuarto de dos por tres. No tiene la menor idea. Ni Juan ni los abuelos tienen la menor idea. Escribir en serio es aceptar una vida de monje, ermitaño, anacoreta, eremita, asceta, santo. Los que escribimos en serio mejoramos el mundo. Incluso los que no publicamos. Aunque nadie lea una palabra de estos miles de párrafos que existen en mi Outlook Express, mejoro el mundo.

AGUSTINA

Papá no entendió mi decisión. Vivió siempre convencido de que se trataba de una decisión. Mamá pretendía entenderme, pero no se terminaba de animar.

A los once años le rogué que me permitiera dejarme crecer el pelo.

¿Por qué?, dijo, pero no supe contestarle.

A los doce años le volví a rogar que me permitiera dejarme crecer el pelo.

¿Por qué?, dijo.

Sebas se lo va a dejar largo también, le dije.

Aún no entendía por qué necesitaba dejarme el pelo largo. Ya me sentía mujer, hacía un par de años, pero no lo entendía. Todavía hoy no lo entiendo del todo. No sé si es algo que se pueda entender. Siempre supe y voy a saber que nací hombre y enseguida me di cuenta de que en realidad debería haber nacido mujer. O algo así. Me gusta y tranquiliza saber que en mi DNI y pasaporte mi género oficial es *femenino*, pero sé que eso no significa que sea mujer.

Soy algo nuevo. Algo nuevo que existe desde hace siglos. Algo nuevo que recién ahora empieza a encontrar la libertad suficiente para salir, como una criatura que fue creada al mismo tiempo que el *Homo sapiens* pero hasta hoy tuvo que vivir en un pozo profundo alimentándose de raíces y la humedad de la tierra.

No soy algo nuevo, soy lo mismo pero distinto. Nunca me importó entenderlo. A Juan tampoco le importó, así como tampoco le importaba entender sus obras.

Siempre envidié el talento de Juan (una especie rara de genio, un genio amediocrado), y el natural desdén con el que lo aceptaba. Mi talento es más limitado. *Existe*, pero no en abundancia. Aunque es más que suficiente para conseguir papeles en obras de teatro o películas o series de televisión. Incluso en Broadway. El sagrado Broadway. Pero no hay papeles para mujeres que nacieron hombres en Broadway, y tampoco afuera de Broadway, ni en el cine ni en la televisión ni en el teatro. No hay papeles que no sean el de peluquera amiga de la protagonista o prostituta que vive en los muelles y se alimenta de gaviotas muertas.

Juan decía que la mejor manera de ser revolucionario era siendo lo menos revolucionario posible; es decir, contando una historia clásica, mil veces contada; una historia que le permitiese a la mayoría de los espectadores identificarse fácilmente, decirse «Eso también me pasó a mí», y obligarlos a hacer el trabajo de adaptar esa historia a una persona trans.

Mi sueño es interpretar a Annie Hall en *Annie Hall*. Pero ya no podría interpretarla, se me pasó el tren. Desde que Juan murió, el tren no para de acelerar. Un maquinista hijo de puta junta con pala montañas de carbón y las tira en la caldera.

JUAN

Agustina me consiguió una edición en tapa dura de *The Artist Who Swallowed the World*, una colección de trabajos de Erwin Wurm, mi artista favorito. Pero no logro la concentración necesaria para estudiar esas fotos y leer esas oraciones que tantas veces leí y entender lo que quieren repetirme. No puedo leer ni la guía de canales. Solo insisto con pensar en ella, repetirme que debería haber vuelto hace una hora, y no puedo hacer otra cosa más que esperarla.

Me tienta prender la tele y buscar un programa de cocina, o un partido de la NBA, pero no puedo prender la tele con Agustina ahí afuera, sola.

Me desperté y encontré sobre su almohada la nota, una hoja del bloc con el logo del motel en el ángulo superior derecho sosteniendo diecisiete palabras en tinta negra:

Perdoname que no te desperté. Tengo que hacer algo sola. Vuelvo antes de las cinco. Te amo.

Desde que nos conocimos son muy pocas las veces que nos separamos, más allá de las horas que pasamos cada uno en su trabajo, o alguna que otra noche con amigos, ella con los suyos y yo con los míos. Los amigos dejaron de importar cuando nos conocimos. El trabajo dejó de importar cuando nos conocimos.

Ayer se cumplieron ocho años desde que la pasé a buscar por el departamento de Tribunales. Celebramos nuestro octavo aniversario acá en el cuarto con pizza Domino's de mozzarella, provolone y jalapeños, y un vino tinto ácido que encontré en el *liquor store* de la esquina. Al terminar sacamos la inmundicia al pasillo. Lo que más me gusta de vivir en hoteles o moteles es sacar la inmundicia al pasillo y que otro se haga cargo de desaparecerla.

¿Qué vamos a hacer tantos días en una choza en los Adirondacks? Deberíamos haber viajado a Washington y pedir en la embajada que nos tramitasen nuevos pasaportes, comprar pasajes a Buenos Aires. Cuando vuelva Agustina le voy a proponer ir a Washington. Cuando vuelva le voy a dar un abrazo de esos que duran un siglo y le voy a proponer rajar de este pueblito de mierda.

AGUSTINA

Juan me confesó que había hecho todo por mí. Había aceptado el éxito por mí. Había pensado que en New York las cosas serían más fáciles para mí. Más oportunidades para mí. Más libertad para mí. Más plata para mí.

Es probable que lo haya dicho para hacerme sentir mejor, porque esa semana la angustia me había teñido la piel de un tono blancoteta y el pelo tantas veces abusado me colgaba como paja de escoba.

No sé por qué no le dije que lo que más me preocupaba era la sensación de que el enfriamiento de su carrera no parecía afectarlo mucho. Incluso parecía sentarle bien, resolverle las cosas.

No se lo dije porque no estaba convencida de que fuese verdad. Una sensación no es una verdad.

Necesitaba salir un rato. Sola. Dar una vuelta. Sentarme en un banco de plaza y pensar en mi abuela. Ese día se cumplían diez años de su muerte.

Mi abuela fue la única que supo aceptarme. Al tiempo que yo me transformaba en mujer, ella se transformaba en mis viejos. Aunque la noche que le conté se cagó de risa. Luego me dijo que ya lo sospechaba. Trece años recién cumplidos. Salí de mi cuarto exageradamente maquillada y vistiendo un vestido de fiesta azul de Persia que había comprado con plata que junté vendiendo mis regalos de cumpleaños, la mayoría muñecos de *He-Man* que aún a mediados de los noventa eran una novedad en San Luis del Palmar. Entré en la cocina y me detuve frente a mi abuela, que intentaba terminar un crucigrama. Tardó en sentir mi presencia. Luego giró, me miró, soltó el lápiz y me preguntó cuál era mi nombre.

Agustina, le dije.

No pudo evitar cagarse de risa. Se me aflojaron las piernas. Qué linda nena, dijo. ¿Dónde aprendiste a maquillarte?

Cenamos empanadas de humita que habían sobrado del almuerzo. Mi abuela partió una empanada al medio, sopló el relleno, y dijo que aunque hacía tiempo lo sospechaba no le era fácil aceptar que su nieto era en realidad nieta, pero que iba a hacer todo lo posible por aceptarlo, y ayudarme.

Me quedé a pasar el fin de semana en su casa. Mis primeras cuarenta y ocho horas como Agustina, sin interrupciones. Es difícil explicar cuán natural era todo para mí. No había fricción. *Fricción interior* digo, si es que eso significa algo. Como que de golpe supe quién era en realidad y lo que tenía que hacer.

JUAN

La conocí en Bellas Artes. Nadie me había dicho que ese miércoles íbamos a pintar un modelo vivo. Me ubiqué frente al lienzo y acomodé mis materiales. Creo que me fui enamorando de Agustina a medida que la dibujaba. Aún no sabía que era una mujer que había nacido hombre. Vestía un pareo que le cubría las tetas y el pubis. Decidí dibujarla de espaldas y, recién cuando vi la silueta en mi lienzo, percibí que le había pifiado en las proporciones.

A la salida la encontré hablando con el profesor. Pensé en acercarme y saludarla. Pero en esa época no era de acercarme y saludar. Nunca fui de acercarme y saludar. Bajé la cabeza y enfilé hacia mi monoambiente.

Un colchón en el suelo con una mesa y una silla. Sin tele. Sin internet. Algunos libros (biografías de pintores y escultores). Sin cuadros en las paredes. Sin fotos de familia. Un atril que sostenía el lienzo del momento junto a una banqueta alta con mis materiales. Un teléfono en el suelo que usaba para llamar a mis abuelos y decirles que estaba todo bien, un día más en el que nada grave había pasado.

Me tiré en el colchón a contemplar la versión incompleta de Agustina. Así me quedé un rato largo, como solía hacer todos los días, imaginando cómo terminar mis cuadros geniales que por lo común no terminaba, o al terminarlos me daba cuenta de que no eran geniales.

La versión incompleta pedía a gritos ser terminada. Pero no en el lienzo. No. Una pintura que tenía que plasmarse en la vida, en mi vida. Tenía que encontrar la manera de pintar a Agustina en mi vida.

PAULA

Se puede vivir en un libro. Pessoa vivió en sus libros. Kafka vivió en sus libros. O'Connor vivió en sus libros. Onetti vivió en sus libros. Aira vive en sus libros. Borges vivió en sus libros. Piglia vivía en los libros de Borges.

Yo vivo en mi novela. Como una ballena que pasa el noventa y cinco por ciento del tiempo bajo el agua y el cinco por ciento restante lo usa para saltar a la superficie o asomarse y largar chorros por el espiráculo, yo paso el noventa y cinco por ciento del tiempo consciente en mi novela y el cinco por ciento restante lo uso para ir al baño o a cocinarme o a comprar algo al almacén de la esquina.

Soy adicta a corregir. Releo la novela entera (los casi cinco mil mails) al menos una vez cada dos semanas. Y cuando digo «releer» no hablo de pasar la vista por las palabras, sino de detenerme en cada oración y verificar si alguna palabra sobra o falta (por lo común sobran), y si alguna oración simplemente molesta, no ofrece nada nuevo, no mueve la historia adelante, no es más que una línea de palabras sin fuerza, sin gracia, completamente innecesarias. Sacar palabras es escribir. No hay nada peor que un libro al que le sobran palabras. Una oración impecable ejerce comunión entre escritor y lector.

MATTHEW

Billy quiere ser piloto de NASCAR cuando sea grande. Los fines de semana me pide que lo lleve a la gomería y se pasa horas acariciando y sacándose selfis con las llantas.

A veces Jake se aburre de no hacer nada y lo agarra del cuello y le encaja patadas en el culo. Al principio Billy terminaba llorando y pidiendo por su madre, pero en el último tiempo empezó a defenderse y la verdad es que el enano se defiende con una rabia admirable.

AGUSTINA

La falta de fricción interior no impidió que Agustina viviera dos años oculta en Agustín tras aquellas primeras cuarenta y ocho horas en lo de mi abuela. Sabía lo que tenía que hacer, pero no me animaba a hacerlo. Tal vez la fricción interior se retorcía demasiado adentro: ese espacio dentro de nosotros que normalmente ignoramos a lo largo de la vida, que no es fácil conocer. Se tiene que sufrir mucho para conocerlo. Uno de esos sufrimientos que suelen llamarse «inhumanos».

Cuando me animé a hacerlo, papá me encajó una cachetada. Había llegado al punto de no aguantar mi papel de Agustín, y Agustina se iba asomando por las grietas. Papá y mamá veían las sombras prematuras de lo que pronto sería su hija, pero se hacían los tontos.

Los desperté a las tres de la madrugada y, sin prender la luz, les pedí que cuando estuvieran listos vinieran al living.

¿Qué pasa?, dijo papá, pero no le contesté.

El pelo me llegaba a los pezones, lleno de vida, muy distinto a este pelo adormecido. Necesito que sepan que mi pelo en algún momento estaba lleno de vida.

Necesito que sepan que no fue mi culpa. No vi que me siguieran, juro que no los vi. Eran tres. Nos habían mirado pasar en silencio. Quizá comentaron algo en voz baja. Se habrán burlado de mi sombrero de ala ancha. Era la primera vez desde que nos habíamos detenido en Noha que salía sola. Me senté en un banco del único parque medianamente frondoso que aquel pueblito tenía para ofrecer. Solo quería sentir el sol de la tarde y pensar en mi abuela. Me acosté boca arriba, me quité el sombrero y la bufanda y los apilé entre mi nuca y el banco. Me animé a cerrar los ojos. Nada podía pasarme bajo aquel sol.

Cuando desperté era casi de noche; el celular sin batería.

¿Para qué fueron a ese pueblo de mierda?, dijo papá.

Nunca voy a olvidar su cara cuando entró al living y prendió la luz. Mamá tiene siempre la misma cara en mis recuerdos: un gesto apático, cagón. Me da pena, y esa misma pena me hace quererla menos. Creo que quiero más a papá, que nunca supo aceptar que su hijo es en realidad hija, que a mamá, que nunca hizo el más mínimo esfuerzo por aceptar. Aunque aquella noche, cuando les pedí que vinieran al living a conocer a Agustina, odié más a papá que a mamá. Confundí la indiferencia, o el desgano, o la incapacidad intelectual y emocional de mamá con comprensión.

Papá no dijo ni mu, dio tres pasos y me encajó una cachetada que casi me da vuelta la cabeza. Hice todo lo posible por no llorar. Aún hoy ignoro de dónde saqué fuerza aquella noche, cuando les presenté a Agustina a mis viejos, para no llorar.

VERÓNICA

No es posible escribir para televisión. Hay escritores que lo hacen todo el tiempo, pero no es posible. Diez episodios de una hora en menos de un año. Obras de arte de seiscientas páginas en menos de un año. Imposible. Hay que ser Dostoievski con una deuda descomunal en el casino, empujado por la desesperación de conseguir plata rápido, antes de que vayan a buscarlo y le rompan los dedos. Hay que tener el genio de un Dostoievski con ansiedad para escribir una obra maestra de seiscientas páginas en menos de un año.

Ninguno de los escritores que escribieron/escriben para televisión fueron/son Dostoievski. La televisión está condenada a la mediocridad. En algunos pocos casos, a una mediocridad excelentemente construida. Incluso series consideradas obras de arte como *The Wire* o *The Sopranos* o *Breaking Bad* son experiencias visuales/narrativas mediocres si las ponemos al lado de las obras de arte del cine.

Basta de llamar esta época de la televisión «época dorada». Nunca hubo una época dorada de la televisión y nunca la va a haber, porque la televisión no puede ser dorada. Y los escritores de televisión no pueden ser grandes escritores. Pueden ser grandes escritores, *ellos como escritores*, pero la televisión nunca les va a permitir ser grandes. Excepto que sean Dostoievski.

JUAN

Luego de que Ramón me contara que Agustina era una mujer que había nacido hombre y comprobar que a pesar de aquel descubrimiento no podía parar de pensar en ella, la llamé y le pregunté si quería salir conmigo. Le había pedido su número al profesor con la excusa de que quería contratarla para una serie de pinturas que pensaba titular *Cuerpos desmembrados*. La invité a una cita convencional: cine y cena, o cena y cine. Ella me propuso ir a ver la nueva película de Woody Allen: *Vicky Cristina Barcelona*.

Me tranquilizó que su departamento no oliera a Lysoform. Cerré la puerta y me gritó que pasara, que me pusiera cómodo, que estaba en el baño y enseguida salía.

Tres ambientes: una cocina diminuta, un living con un sofá cama hecho cama (sábanas revueltas y almohada sin funda) y un dormitorio con una cama *queen*, un ropero de madera oscura y una tele de tubo sobre tres guías telefónicas, junto a un reproductor de DVD y varias películas piratas. No había mesas ni sillas.

Me detuve frente a un espejo y me acomodé el pelo. Me olfateé las axilas. Era verano y, aunque me había bañado antes de salir, en el subte había transpirado como loco.

Agustina tardó quince minutos en salir del baño. Me cansé de esperar y abrí la heladera: botellas de agua saborizada Ser Citrus, naranjas, un chocolate Aguila a medio comer. Saqué el chocolate y lo metí en un frasco con restos de galletitas dulces, porque no hay mayor pecado que guardar chocolates en la heladera. Ella tiró la cadena, y permanecí quieto oyendo el agua batiéndose en el inodoro. Salió del baño y nos miramos un tiempo larguísimo, uno de cada lado de la cama. Le pregunté si estaba lista, y me dijo que sí, y me preguntó si quería algo de tomar, y le dije, no gracias.

Salimos al pasillo. No dijimos una palabra en el ascensor; los dos mirando al frente, esperando la frenada brusca en planta baja.

Su condición de mujer que nació hombre se acentuó con el sol de la tarde. Ella se dio cuenta de que me daba cuenta. Empezó a caminar detrás de mí, hasta que le pregunté qué hacía. Me miró como si no me hubiera entendido. La tomé de la mano y la obligué a caminar a mi lado.

VERÓNICA

No soy Dostoievski. Me di cuenta rápido, por suerte. Es importante darse cuenta rápido.

¿Entonces por qué, si sé que no soy Dostoievski, ni siquiera una buena imitadora de Dostoievski, acepté escribir una serie de televisión?

El peor de los errores. Luego del Oscar, del éxito repentino, acepté escribir seiscientas páginas en menos de un año. Tenía la oportunidad de hacer lo que quisiera (eso es lo que te da el Oscar: la oportunidad de hacer lo que uno quiera durante un periodo limitado de tiempo), pero, como no tenía ningún proyecto en carpeta, como no sabía qué escribir que fuese mío, acepté escribir la serie. Acepté ser productora ejecutiva y *head writer* de una serie que consiste de diez episodios de una hora por temporada. Acepté entregarme de lleno a un proyecto monstruoso que va a terminar liquidándome.

PAULA

Nunca entendí la decisión de Juan de tirarnos a Agustina por la cabeza. Hubiera sido menos incómodo que nos contara antes, que intentara explicarnos. Pero no, apareció una noche y dijo, les presento a mi novia Agustina, nació varón. Nos obligó a hacer todo el trabajo, a tener que acomodar nuestra idea de lo que Juan era a la nueva situación.

Mi hermano nunca me quiso. Siempre intentó ayudarme, pero en esos intentos había un subtexto de reproche, de desprecio. Juan vive recriminándome algo que no termino de entender qué es. No supimos cómo hacer para conocernos, para tratarnos, para al menos tenernos algo de cariño. Solíamos evitarnos, incluso cuando pasábamos un rato largo en el mismo cuarto.

La noche que trajo a Agustina no pronuncié palabra. Los abuelos se comportaban como si Agustina fuese simplemente otra novia de Juan, otra de las tantas.

Luego del postre me encerré en mi cuarto y en menos de quince minutos escribí uno de los mejores párrafos de la novela:

la descripción de cómo Sonia, la protagonista, faja al novio de su madre hasta dejarlo casi muerto. Me mandé el mail con el párrafo y abrí *El enano*, de Pär Lagerkvist. Tocaron la puerta.

Me estoy por dormir, dije.

Tocaron la puerta.

Ya estoy soñando, dije.

Tocaron la puerta.

Entrá, dije.

Juan entró con una caja envuelta en papel araña verde. Tenía la costumbre de tardar demasiado en decir lo que fuese que iba a decir. Me preguntó qué estaba leyendo, pero no le contesté. No era raro que nos hiciéramos preguntas y no nos contestáramos.

¿No te cagás de calor acá dentro?, dijo.

Le quité el paquete: un cuaderno Moleskine de tapa dura negra, hojas rayadas. Veinte mil veces le había aclarado que no escribo a mano.

Gracias, le dije.

Se sentó en la cama con la almohada entre las rodillas. No me gusta que se sienten en mi cama.

Traete una silla, le dije.

La abuela le está mostrando a Agustina el álbum de fotos, dijo.

¿Dónde la conociste?

Estuve a punto de contarte, pero…

No tenía idea.

Trabaja de modelo vivo. Vino al taller. La dibujé. Creo que me enamoré del dibujo.

¿Habías estado antes con…?

Sí, un par de veces. Cuatro o cinco. Seis.

Mi hermano se había quedado sin pasado. Todo lo que sabía de él ya no existía. Pensé en preguntarle: ¿quién carajo sos?

Contame qué te dicen los abuelos, dijo.

No van a decirme nada, le dije. Nunca dicen nada.

Igual, avisame. Voy a volver al living. Agustina debe estar por entrar en pánico.

Y eso fue todo. Nunca más hablamos del tema. Unos meses luego Juan abandonó la pintura y se la jugó con el arte conceptual. Le fue inesperadamente bien, y al poco tiempo se mudaron a New York.

Varias veces me invitó a que los visitara (se ofreció a pagarme el pasaje y comprarme ropa de invierno, si se me ocurría visitarlos en invierno), pero nunca fui. Creo que Juan de alguna manera sabía que no iba a ir, y por eso se permitía invitarme.

Apenas salgo de este cuarto. Muy de vez en cuando de casa. Puedo contar con los dedos las veces que crucé la frontera del barrio. No tiene sentido ir tan lejos. ¿Para qué? Las dimensiones de esta casa son más que suficientes.

AGUSTINA

La mañana que volví a Buenos Aires, luego de mis días en Washington esperando que me tramitaran el pasaporte, toqué el timbre de la casa de los abuelos de Juan lista a recontraputearlos por no haberme contestado los mails o atendido el teléfono. Abrió la puerta el fantasma de Paula. Una versión pálida y desnutrida de la hermana de Juan. Pensé que se trataba de una ocupa, que Paula y los abuelos de Juan se habían mudado y un grupo de vagabundos se había metido en la casa vacía. Pero luego comprobé que los ojos de aquella linyera pertenecían a Paula.

La casa no tenía luz, gas ni teléfono. Paula me preguntó por Juan, y enseguida le pregunté por los abuelos.

Están muertos, dijo. Un accidente. Iban en un taxi a cobrar la jubilación y se estrolaron contra un colectivo.

Me dieron ganas de abrazarla, pero nada en Paula pedía ser abrazado.

¿Por qué no me avisaste?, dije.

Le mandé un mail a Juan, dijo, pero no contesta. Hace bastante que no sé de ustedes.

Pensé que lo mejor era contarle en ese preciso momento, quitar la curita de un tirón como dicen, pero las palabras no me salieron.

¿Dónde está Juan?, dijo.

No sé.

¿Cómo no sabés?, dijo mamá.

Papá me amenazó con mandarme de una patada a colegio pupilo.

Es lo que siento, pa, le dije.

No le gustaba que le dijera «pa» cuando estaba enojado. Mamá me contó que tenía una amiga que podía ayudarme.

¿Ayudarme con qué?, le dije.

Mi abuela les pidió que me dejaran en paz. Les dijo que entendía que no era fácil asimilar la situación, pero que desde aquella noche cuando le conté la verdad nunca me había visto tan feliz. Les dijo que, aunque a su mente a veces le costaba asimilar, a su corazón no le había costado lo más mínimo.

Papá me metió en el asiento trasero de su Renault Megane color sopa de arvejas y manejó a ciento ochenta kilómetros hasta el consultorio de la amiga de mamá.

No es mi culpa, le dije.

Juro que no fue mi culpa. Cuando entré al cuarto del motel de Noha, Juan me estrujó en un abrazo y me preguntó adónde había ido, qué me había pasado, por qué había tardado tanto en volver; varias preguntas que eran una sola.

La amiga de mamá hablaba en un tono de mentira, como si fuese una actriz mediocre intentando personificar a una terapeuta. Decidí seguirle la corriente. Me inventé un personaje y contesté lo que ese personaje hubiera contestado en una situación similar. Funcionó. Tal vez le di lástima y decidió dejarme en paz. Tal vez se dio cuenta de que detrás de la interpretación había una verdadera mujer.

MATTHEW

Abro tres latas con la rapidez con la que una persona que toma una cerveza de vez en cuando abre una sola lata y las vaciamos mirando a la vieja Almeida regar plantas que se rehúsan a crecer y hacen todo lo posible por morir y escapar de esas manos marrones y callosas.

¿Cuánto hace que está sola la vieja Almeida?, dice Jake.

No sé por qué le decimos «vieja Almeida» si no tiene más de cincuenta y cinco años y daría sus plantas en adopción a cambio de que cualquiera de nosotros cruzara la calle y la tirase boca abajo sobre el pasto.

Casi dos años, dice Ralph.

Tres, digo.

No sabemos qué le pasó al viejo Almeida, solo que se lo llevaron en una camilla cubierto por la envoltura de lona con cierre.

Ralph abre tres latas y toma un trago rápido de una y me la alcanza y toma un trago rápido de otra y se la alcanza a Jake y luego vacía la mitad de su lata de un solo trago.

Ralph quería ser jugador de *baseball* y Jake astronauta y yo martillero público, como mi padre. De chico me encantaba verlo en su podio de madera coordinando las subastas con el martillito. Solía imitarlo en casa con un cajón de madera que le quitaba a la cómoda de mi madre y paraba de lado y golpeaba con un martillo de carpintero que le había robado del garage a un vecino japonés o chino o coreano.

Jake abre tres latas y nos alcanza una a cada uno y dice que la vieja Almeida debe tener el vello púbico de virulana de acero y se baja la lata entera de un trago.

Jake y Ralph y yo nos hicimos amigos en el colegio cuando teníamos doce años y desde entonces no nos separamos. De alguna manera Jake y Ralph son maridos de Celia y padres de Billy y yo soy marido de Juliet, la mujer de Jake, y padre de sus Cathy y James y Ralph es marido de Juliet y padre de Cathy y James y eso es todo porque Ralph no tiene pareja ni la va a tener.

AGUSTINA

Sebastián (mi único amigo en el colegio) me preguntó si había probado meterme un dedo en la cola, o un cepillo de dientes, o una birome Bic. Le dije que no, aunque lo había pensado más de una vez. Me convenció de que me sacara el pantalón de jogging y los calzoncillos.

Paula me convenció de que me sacara la campera y me sentara en la cocina a tomar agua de la canilla.

¿Cuándo fue la última vez que comiste?, le dije.

No me acuerdo, dijo.

En la despensa no quedaba ni una de las latas de alimentos conservados que la abuela de Juan guardaba como lingotes de oro. Le pregunté si quería que fuese a comprar algo de comer y me contestó que le daba lo mismo. Cuando abrí la puerta de calle, me pidió que esperara. Esperé. Quería decirme algo.

¿Qué?, le dije.

Está muerto, ¿no?, dijo.

¿Quién?

Al principio no contestaron.

¿Quién es?, dijo Juan en inglés.

Paula

Leo los primeros tres mails. Copio el texto del segundo que me mandé (la última versión), lo pego en un mail nuevo, releo, corrijo el texto de ese segundo mail ahora copiado en un nuevo mail, y al terminar me lo mando; en el Asunto simplemente el número «2».

Mi abuela toca la puerta. Sé que es ella porque suele dar golpes rápidos en la parte alta de la puerta hasta que le grito ¡qué mierda pasa! Los golpes rápidos continúan.

¡Abrí!

No abro. No quiero abrir. Espero que los golpes se callen, y luego leo la última frase del último mail. Intento continuar pero no puedo. Me mando el mail con el párrafo no terminado.

Agustina

Habría dado cualquier cosa por tener como actriz el éxito que Juan tuvo como artista. Me da miedo imaginar lo que habría dado. ¿Habría sido capaz de vivir toda la vida interpretando el papel de Agustín, continuar con el hombre que fui al nacer, si alguien me hubiese prometido una carrera de actor llena de fama y los mejores papeles?

Mamá se sentó una noche en la punta de mi cama y me pidió que por favor aguantara hasta terminar el colegio, hasta cumplir los dieciocho.

¿Aguantar qué?, le dije.

No seas necio, Agus, dijo. Sabés de qué te hablo. Tu papá está a punto de sufrir un derrame cerebral.

No es mi culpa.

¿No? ¿Entonces culpa de quién es?

De él, que tiene el cerebro cerrado como…

Dos años más. Después podés hacer lo que quieras.

Quiero hacer lo que quiero ahora.

¿Ves? Sos un necio. Ni siquiera me dejás…

Necia.

¿Qué?

Soy *necia.*

¿Habría sacrificado a mamá a los dioses a cambio de una exitosa carrera de actriz? Aunque siempre supe que nunca tendría ninguna carrera de actriz. Ni siquiera cuando Juan se ofreció a ayudarme, a guiarme, a intentar convertirme en productora de mis propios proyectos.

No soy productora, le dije.

No lo sabés, dijo. Hasta que pruebes no lo vas a saber.

Sí que lo sé.

Tal vez Verónica pueda ayudarte.

¿Quién?

Juan abrió la puerta y los tres hijos de puta de la gomería se metieron en el cuarto y la cerraron. Juan lo primero que hizo fue mirarme, sonreír, decirme que no me preocupara, que todo iba a estar bien, y lo segundo aclararles que se podían llevar lo que quisiesen. Pero los tres hijos de puta no querían llevarse nada.

Matthew

Me sirvo una taza del café barato y delicioso que Celia prepara a la noche antes de irse a dormir y suelto dos rodajas de pan en la tostadora y espero que salten y las unto con manteca y un chorro de salsa sriracha y las mastico en el porche mirando la calle vacía.

Le doy un beso a Celia en alguna parte de su cara y enfilo hacia la gomería, donde el resto de lo que soy me espera.

Me ducho los lunes y jueves a la noche porque es cuando hacemos el amor con Celia luego de cenar cualquier cosa con remolacha, el único alimento que me empuja al orgasmo, un orgasmo que últimamente no es más que un escupitajo desganado como el que Ralph le escupe a Billy cuando lo ve llegar a la gomería.

De chicos nos encantaba jugar a matarnos a escupitajos hasta que la saliva de uno entraba en el ojo de otro y entonces nos matábamos a trompadas. También nos encantaba asesinar sapos con la persiana del ventanal que daba al jardín trasero de la casa de los padres de Jake: acomodábamos el sapo bajo la persiana enrollada y se la bajábamos encima.

Camino a la gomería saludo tocándome con el índice la visera de la gorra a los vecinos de mi calle y de las otras calles también porque todos nos conocemos en Noha. Este pueblo representa al verdadero New York, no Manhattan y sus barrios aledaños con su amontonamiento de razas y actividades innecesarias con las que llenar horas que no deberían llenarse con nada.

La gente que vive sin parar es culpable de haberlo complicado todo. Todo está perdido y todo continúa.

Llego a la gomería y encuentro a Jake atendiendo a un cliente y me alegro de haber llegado unos minutos tarde y le pregunto a Ralph si sabe si hoy juegan los Mets y me dice que los Mets se pueden ir a coger a su abuela enferma.

Nos sentamos en las sillas de playa a tomar cerveza y destruir una docena de donuts glaseadas que Juliet preparó en su clase de cocina. Un sicomoro que debe existir desde antes de que trajeran el primer ladrillo a esta parte del mundo impide que el sol nos toque ni siquiera de a ratos. Dos o tres veces al día Ralph se levanta y camina hasta el árbol y golpea repetidamente el tronco con su bate de *baseball* y vuelve a sentarse.

JUAN

Me mudé al monoambiente, harto de ver a mis abuelos ir y venir, incapaces de quedarse quietos, y de Paula, que vivía encerrada en su cuarto escuchando *drum and bass*, todo el puto día *drum and bass*, desde el desayuno hasta que se iba a dormir.

Mis abuelos no le decían nada. Se habían cansado de pedirle que bajara la música, o al menos que escuchara algo que tuviese melodía, algo que se pudiese canturrear. Pero a mi hermana no le interesaban las melodías. El *drum and bass* para ella no era importante como música sino como sonido, como bullicio opacador del mundo. Oía una radio veinticuatro horas *drum and bass* mientras trabajaba en una novela que no encontraba la manera de terminar.

No se puede terminar una novela que no es más que un escape, un encierro, una forma de ignorar el afuera, ese mundo que existe más allá del bum bum bum constante.

No se dio por aludida cuando construí *El cuerpo vacío* en uno de mis últimos shows en el Centro Cultural Recoleta. Una caja de metro de ancho por dos y medio de alto en la que te metías y te cerraban la puerta y el *drum and bass* te rompía los tímpanos durante un minuto hasta que se cortaba abruptamente y una voz te susurraba al oído derecho la frase wittgensteineana: «Nada es tan difícil como no engañarse».

AGUSTINA

Cuando volví del supermercado preparé un mate y dos sándwiches de pan negro con huevo, lechuga, queso y mayonesa. Paula se devoró el sándwich en menos de un minuto, deteniéndose dos veces para respirar y pegarle una chupada a la bombilla.

¿Qué te pasó?, dije.

¿Cuándo?, dijo.

¿Por qué vivís sola, sucia, anémica? ¿Los abuelos no dejaron plata ahorrada, o algo de valor que…?

Ya me gasté todo. Ya vendí todo. Ya me comí todo. No duró mucho.

Me contó que había terminado una novela, y que su abuela la había impreso en un locutorio y la había dejado en la editorial Silbando Bajito. Me dijo que estaba esperando que la llamasen.

Esa primera noche le narré con detalles lo que había pasado. Lloramos juntas, pero sin consolarnos. Me dijo que podía dormir en el cuarto de los abuelos. Pensé en tomarme un taxi a Retiro y comprar un pasaje a Corrientes, visitar a mis viejos, la tumba de mi abuela. Pero volver a Corrientes era aceptar que todo se había acabado. Todo: el final de Juan que era el final de nosotros y mi final.

Ya había aceptado el final de mi carrera de actriz. Un final que no había tenido principio. Pero no sabía qué me esperaba del otro lado de Juan, qué iba a encontrar al abrir la puerta y dar un paso en ese corredor que me llevaba a un futuro desjuanizado. Un futuro que había empezado a aterrarme la mañana que me llamaron de la embajada y me dijeron que mi pasaporte estaba listo. Mis viejos hacía rato que habían dejado de pensar en mí. Dejaron de pensar en mí el día que entendieron que mi relación con Juan no era algo pasajero; es decir, cuando nos casamos por lo civil. Dejaron de preocuparse, de sentirse responsables por mi vida.

Durante la noche de bodas (una habitación sin vista en un hotel cuatro estrellas, con pileta climatizada del tamaño de una bañadera grande y desayuno continental incluido), Juan me dijo que de ahora en más íbamos a ser nuestra única familia. Que tanto sus abuelos y hermana como mis viejos y abuela ya no contaban porque la familia real es la que uno elige y no la que hereda. Me gustó que dijera eso, pero le aclaré que mi abuela seguía contando para mí porque aunque la había heredado aún la elegía como familia.

Esa madrugada, en la cama de los abuelos de Juan y Paula, me di cuenta de que en realidad ya no tenía más familia que mis recuerdos de Juan. A la mañana, mirando a Paula chupar la bombilla con sus labios pálidos en su cara huesuda, pensé que quizá podía encontrar en ella algo de Juan.

PAULA

Subieron las estufas al mango y encendieron las hornallas. Mi abuela sirve té en tres tazas como si fuese el comienzo de un ritual religioso. Mi abuelo le pide que caliente leche.

El té no se toma con leche caliente, dice mi abuela, que es la única hija de un matrimonio inglés. El té se toma con leche fría. Un chorrito de leche fría en la taza, luego el saquito de té, luego el agua caliente.

Siempre el mismo diálogo, las mismas palabras que forman oraciones idénticas.

No me gusta el té con leche fría, dice mi abuelo. Me revuelve el estómago. ¿Por qué no vas a comprar un saché?, me pregunta.

Queda poca plata.

Mañana empieza agosto, dice mi abuela. Esta semana cobramos la jubilación.

¿Puedo apagar las hornallas un rato?, le pregunto.

Sí, pero un rato nomás.

Jugamos un partido de escoba del quince y ganó mi abuelo.

Me encierro a escribir con el *drum and bass* al palo, hasta que oigo golpes rápidos contra la parte alta de la puerta. El *drum and bass* cubre todo excepto el deseo de mi abuela de romperme los ovarios. Apago la radio.

Entrá.

Silencio.

¡Entrá, abuela!

Entreabre la puerta y asoma la cabeza:

¿Qué hacés?

Escribo.

Me gustaría ayudarte.

¿A qué?

A terminar lo que estás escribiendo. ¿Hace cuánto empezaste?

Mucho.

¿Cuánto?

Quince años.

Se sienta en mis rodillas dándome la espalda y lee el párrafo en el que estoy trabajando con los ojos a pocos centímetros de la pantalla.

¿Quién es Sonia?, me pregunta.

La protagonista.

¿Qué hace?

Es traductora. Maneja el italiano y el alemán a la perfección. No hace mucha plata, pero le alcanza para vivir. Clase media. Sale a cenar tres veces al mes.

¿Y el resto?

Cena en su departamento.

No, el resto de la novela.

Me mando el mail y le muestro el Inbox.

¿Qué es esto?, dice.

Los otros párrafos.

Un montón.

Casi cinco mil.

¿Cuánto te falta?

No sé.

¿Cómo no sabés? ¿Cuál es el final?

No sé.

Gira y me da un golpecito en la frente.

¿Qué hacés, abuela?

Te quiero ayudar.

Salí, dejame sola.

Tu abuelo necesita que vayas a comprar leche.

Después voy.

Me irrita enormemente que me pregunten sobre el final de la novela. Mi abuelo se asoma.

¿Cuánto pasó de la última vez que supimos de tu hermano?

Entro al Inbox y escribo en el buscador «Juan Solís». El último mail es de hace casi un mes.

¿Por qué no le escribís?, me pregunta mi abuelo.

Ya va a escribir él. Dijo que se iban de viaje. Algo de una casa en un lago. O tal vez se fue a uno de sus retiros artísticos.

Residencias, dice mi abuela.

Deberían volver, dice mi abuelo.

¿Adónde?, le digo.

Acá. A Buenos Aires.

¿Para qué?

En la tele cuentan que en Estados Unidos se están poniendo difíciles las cosas.

¿Qué cosas?

Para las personas como Juan y Agustina.

Los *gays* querés decir.

Juan no es gay. El DNI de Agustina dice que es mujer. Se casaron como hombre y mujer.

Juan es gay, abuelo.

No.

Es gay.

No.

Almorzamos ravioles de ricota con tuco y salchichas cortadas que mi abuela mezcló en la salsa.

JUAN

Nunca imaginé que el arte conceptual pudiera llevarme tan lejos. Dejé de imaginar un futuro posible cuando mis viejos murieron de cáncer de pulmón. Primero mi vieja, que fumaba tres atados por día, y dos años luego mi viejo, que nunca se había puesto un cigarrillo en los labios. Y no me digan que fue de tanto aspirar el humo que mi vieja soltaba como una locomotora porque nunca fumaba en casa, salía a la vereda cada diez minutos. La única manera de entender que mi viejo también haya muerto de cáncer de pulmón es como acto de amor. El más grande acto de amor.

Mi viejo no era el mismo luego de que mi vieja falleciera. Aunque luchamos por convencerlo de los beneficios de no tenerla al lado (ahora podés viajar, comprar boludeces que mamá no te hubiera dejado comprar convenciéndote de que gastar plata en cualquier cosa que quieras, aunque la desees con el alma, es tirarla a la basura), se abandonó a un cáncer que no le pertenecía para irse con ella rápidamente a no sé dónde. Nadie sabe dónde. Pero para mi viejo era mejor estar en no sé dónde que sin mi vieja acá, en este mundo.

Perder a mis viejos fue perder la eternidad. Las primeras muertes cercanas nos permiten ver el futuro como lo que es: una gran nada incontrolable. Una gran nada en la que flota Agustina y su despiste, su desconsideración.

Es todo culpa de Woody Allen. *Vicky Cristina Barcelona*. No es posible que el guionista y director de *Stardust Memories, Annie Hall, Hannah y sus hermanas* haya escrito y dirigido *Vicky Cristina Barcelona*.

Al carajo con Woody Allen, le dije a Agustina. Otro grande que se fue al carajo.

VERÓNICA

El *network* quiere al menos cinco temporadas. Los que saben dicen que no voy a hacer plata en serio hasta la tercera. Durante la primera y segunda pagan bien, no puedo quejarme (en la segunda me suben el sueldo un veinte por ciento), pero si llego a la tercera los contratos se rehacen y es ahí donde los que saben dicen que voy a empezar a ganar esa cantidad de plata que los que no saben imaginan que ya estoy ganando.

Me alquilaron un rectángulo alfombrado en un edificio de oficinas en el Lower East Side: seis mil dólares al mes. Contraté tres *staff writers* norteamericanas. Tres escritoras que escriben mucho mejor que yo, pero a las que les cuesta entender cómo escribo yo, cómo quiero que escriban. No las culpo, ni yo entiendo cómo escribo. Me miran con una angustia que me sugiere que les dé un abrazo y les pida perdón. Perdón por haberlas contratado.

Acabamos de arrancar con el quinto episodio. La inteligencia del grupo dura de diez de la mañana a una del mediodía. Luego paramos para almorzar, charlamos de cualquier cosa (por lo común criticamos salvajemente series que vemos a la noche para estar al tanto de lo que hace la competencia), y salimos a dar vueltas a la manzana y aspirar un poco de aire helado, chapotear las botas en el caldo inmundo de nieve derretida y mugre.

AGUSTINA

Me tomé un taxi hasta el edificio de Tribunales donde vivía con José y pasé un rato largo tocándole el portero. Una vecina me dijo que el pibe del noveno C se había mudado, que podía encontrarlo en el McDonald's de Talcahuano.

¿Cómo sabe que está en el McDonald's de Talcahuano?, le pregunté.

Trabaja ahí, lo vi el otro día.

Avanzando hacia el McDonald's imaginaba a José vistiendo el trajecito de empleado con gorra. Al verlo se me llenaron los ojos de lágrimas. Al verme palideció, perdió el control de sus manos y soltó la bandeja.

¿Qué hacés?, le dijo una mujer con un nene que no paraba de tironearle la manga del suéter.

Nada, dijo José. Acá tiene. Se derramó un poco de Coca, perdón, espere que…

La mujer se llevó la bandeja con el nene colgado de la manga.

José se esforzó por no mirarme hasta que me detuve frente a él. El acné le había trepado de la espalda a la frente, y el flequillo largo no lograba cubrir la monstruosidad.

Me contó que estaba pensando en volver a Allen, que su vieja tenía una frutería, que tal vez podía dar cursos de teatro a las alumnas del Instituto Santa Catalina Virgen y Mártir. Luego me echó la culpa de su fracaso. Me escupió las acusaciones más ridículas, y tras escupirlas se avergonzaba. Su boca me acusaba de haberlo abandonado, de habernos siempre burlado (Juan y yo) de él y su arte, de haberles metido en la cabeza a sus amigos la idea falsa de su mediocridad, y al mismo tiempo sus ojos me pedían perdón por lo que estaba diciendo.

JUAN

Mis shows ya no generan expectativa. El teléfono ya no suena. Alguien decidió que mi teléfono dejara de sonar. No lo vi venir. Agustina tampoco lo vio venir. Mi agente tampoco lo vio venir. Pero estaba viniendo, y vino, y el teléfono dejó de sonar. Tres años atrás sonaba todos los días, luego dos veces a la semana, luego una vez al mes, luego…

Mi obra pasó casi desapercibida en Europa y Asia, pero pegó fuerte en Estados Unidos. Nos mudamos de Buenos Aires al departamento en Tribeca: un cuarto angosto, un living/comedor/cocina angosto y un baño de las dimensiones de un roperito; tres mil quinientos dólares de alquiler. Con esa plata en Buenos Aires podría haber alquilado una linda casa con jardín y pileta. Pero el arte conceptual en Buenos Aires no existe. Los huecos destinados al arte conceptual se fueron cerrando, o tapando con…

…pasos en el pasillo. Siguieron de largo.

¿Dónde se metió? La voy a obligar a que me haga una hora de masajes de pies.

Acá en Estados Unidos aún hay plata para tirar en arte conceptual. Digo «tirar» porque el arte conceptual es en mayor parte una estafa, un curro. Marcel Duchamp abrió la puerta para que miles de personas sin talento ni vocación se pudieran llamar «artistas», y se sintieran artistas, e incluso vivieran una vida más que cómoda como artistas, exponiendo obras insignificantes, horriblemente vacías, nulas.

Me incluyo en esa larga lista de chantas. Para mi último show en LACMA me dieron veinte mil dólares y me dijeron que hiciera lo que se me cantara en cuatro salones del museo. La gente no tiene idea. No me senté a pensar un puto concepto hasta tres meses antes de la fecha de apertura del show, llamado *Vacíos desbordados*.

Una montaña de críticas positivas en los diarios más importantes. En sus versiones *online*, porque los diarios importantes ya no tienen lugar en sus versiones de papel para el arte conceptual. Pero ¿a quién le importa el papel? Que se quede en los árboles. Las versiones *online* son más que suficientes, al igual que los libros electrónicos. Hasta que alguien desconecte la internet, la desenchufe, y ya no queden ni diarios ni libros ni música ni pornografía ni plata en los bancos.

PAULA

No puedo dormir. Me siento frente a la laptop y trabajo hasta el amanecer copiando los casi cinco mil mails y pegándolos en un archivo de WriteMonkey, un procesador de texto gratuito.

La novela tiene cuatrocientas diecisiete páginas según el

WriteMonkey. Me di cuenta de que la mayoría de los párrafos que escribí y me mandé a mí misma no superan las tres oraciones.

La verdad es que el WriteMonkey no está tan mal. No sé por qué me rehusé a bajar un procesador de texto gratuito antes. Mi estúpida obsesión por el Microsoft Word...

Lo que importa es el contenido, me hubiera dicho Juan, como si supiese algo de contenidos.

El arte conceptual no tiene contenidos. Los conceptos no tienen contenidos. No se puede escribir desde un concepto. En literatura, tener un concepto es no tener nada, tener una idea es no tener nada. Lo único que se tiene en literatura son oraciones. Oraciones que son ladrillos que van formando mis paredes de texto.

Me asusta el archivo de la novela. No sé si soy capaz de avanzar con semejante peso detrás. Tendría que usar un archivo de WriteMonkey por párrafo, numerarlos y guardarlos en una carpeta. Voy a hacer eso. Pero si hago eso lo que hago en realidad es no escribir.

Apago la radio y oigo a los abuelos ir y venir. Se detienen. Van y vienen. Se detienen. Van y vienen.

Escribir con la panza vacía es muy recomendable. El ascetismo más extremo para la oración más pura.

Disparo el *drum and bass,* me acuesto en la cama y cierro los ojos; la almohada clavada en la nuca. Pienso en el final de la novela. No hay final.

AGUSTINA

Entendí que no íbamos a poder hacerlos entrar en razón. Estaban demasiado borrachos para ser capaces de entablar un diálogo, o eran demasiado hijos de puta.

¿Qué quieren?, les dijo Juan en inglés, y me miraron, los tres al mismo tiempo.

En un chispazo los imaginé muertos, enterrados, podridos. Me dije que los habitantes de todos los pueblos del mundo se pudren antes o después.

Mi abuela ya no es mi abuela. No sé lo que es.

Yo ya no soy lo que era ni lo que imagino ser. No sé lo que soy. Nadie sabe lo que soy. Nadie sabe lo que somos. Algunos se creen que saben, pero no tienen la menor idea.

Uno de los hijos de puta se le acercó mientras los otros se aseguraban de que la puerta y la única ventana estuvieran cerradas. Justo en ese momento empezó a sonar un celular. Juan miró de reojo la pantalla y me dijo que era su agente. Hacía meses que no recibía llamadas de su agente, al punto de empezar a dudar si aún seguía teniendo agente.

Matthew

No es aún mediodía cuando vemos pasar a dos visitantes que caminan como la gente que nunca vivió en estas partes del mundo camina. Un hombre de unos cuarenta años, excesivamente abrigado, un poco encorvado, y una mujer alta de unos treinta vestida como se visten las mujeres que Celia admira en la tele (mujeres que muestran secretos inventados de sus vidas reales), con un sombrero ridículo que ya no usan ni en las películas y un pañuelo que debe valer más que cinco llantas todo terreno amarrado al cuello como si lo tuviese cercenado.

Buen culo, dice Ralph.

Demasiado flaca, dice Jake.

¿Desde cuándo te molesta que sean flacas?

No me molestan que sean flacas, me molesta que sean *demasiado* flacas.

Ralph insiste con que si alguien pusiera un micrófono delante de nosotros y transmitiera nuestros diálogos por la radio sería el programa más escuchado de Noha.

Mi padre tenía la costumbre de sacarse un moco de esos que son mitad duros mitad blandos y pegármelo en la frente, digo.

Deben ser turistas, dice Ralph.

No hay turistas en Noha, dice Jake.

Deben ser turistas que tuvieron un problema con el auto. O vienen viajando desde hace días y decidieron parar un rato a descansar. O le alquilaron el horno a alguna chica de por acá.

Caminando de vuelta a casa paso por el motel de Carl y veo a la visitante del sombrero ridículo en la puerta vistiendo una remera estúpidamente ajustada y el pañuelo también ajustado al cuello y me doy cuenta de que sus tetas son demasiado perfectas para ser tetas aunque no tengo manera de comprobarlo.

Las mujeres de Manhattan pasean por el mundo con sus tetas que no son tetas y sus narices que no son narices y sus pelos que no son pelos y sus culos que no son culos y los hombres actúan como si fuese lo más natural del mundo que las mujeres se hayan convertido en androides de siliconas. Celia quedó tristemente deforme luego de parir a Billy pero al menos todo lo que toco y aprieto lo trajo consigo del vientre de la imbécil de su madre.

Entro a la cocina y me pregunta cómo estuvo el día y le digo que fue otro día más y que aún sigue siendo. Me abre una lata de cerveza y suelta *minipretzels* en un *bowl* y nos sentamos a ver lo que ella quiera ver en la tele mientras oímos a Billy jugar con la Xbox que nos robamos del último Blockbuster abierto en esta parte del mundo alquilándolo con un *ID* que me encontré tirado en el baño de la Speedway.

Somos gente privilegiada. No tenemos jefes que nos den media hora para almorzar ni personas que nos digan cómo vivir la vida. Billy tiene una inteligencia de media a baja y eso le soluciona las cosas.

PAULA

Golpes en la parte alta de la puerta. Termina una canción, empieza otra, termina, empieza otra, y los golpes continúan. Apago la radio.

Entrá.

Mi abuela entra y cierra la puerta. Se acuesta en la cama dándome la espalda.

Huele a gas, le digo.

Una de las hornallas pierde, tuvimos que cerrar el paso. La cocina es un iglú. Tu abuelo quiere que llames a Roque.

No tengo el número de Roque.

La agenda en mi mesita de luz. Fijate en la R. Generalmente los acomodo por apellido, pero nunca supe el apellido de Roque.

Después me fijo.

¿Cómo vas?

¿Con qué?

¿Con qué va a ser?

Ahí va.

Quiero que la termines.

¿Por qué?

Quiero que la termines y la pulas y la mandes a editoriales.

¿Por qué?

¿Cómo que *por qué*? Porque eso se hace con algo que se escribe.

AGUSTINA

Le pregunté a Paula cómo iba a hacer la editorial para llamarla con la línea de teléfono desactivada, y me miró como si le hubiera planteado una cuenta matemática imposible. Pagué las facturas vencidas de luz, gas, agua y teléfono. Mandé sábanas, toallas y ropa a lavar. Fregué suelos, mesadas y muebles.

Paula deambulaba por la casa como una zombi, como si no existiese la posibilidad de un cometido, como si ya nada fuese necesario, esencial.

Mi plata no va a durar mucho más, le dije.

Levantó la vista del plato de ravioles (en sus ojos la intención de decir algo), se metió un raviol en la boca y lo masticó en silencio.

Tendrías que ir a la editorial, le dije. Quizá llamaron y no se pudieron comunicar.

Si realmente quieren mi novela van a llamar otra vez, dijo.

VERÓNICA

No soy buena líder. No sé cómo plantarme frente a otros para que hagan lo que necesito. Me da fiaca. Toda mi vida tuve fiaca de cualquier tipo de confrontación.

En el cine hay confrontación con los directores, pero no en el acto de escribir sino en los ejercicios previos al acto de escribir. Pero la televisión te obliga a escribir en equipo, a confrontarte con otros escritores. Y a esa confrontación hay que agregarle la incidencia de *networks* y financistas, una incidencia mucho más persistente que en el cine.

Las notas que recibimos luego de mandar un episodio al *network* nos arruinan un día de trabajo. Horas leyéndolas, analizándolas, cagándonos de risa de lo poco que entendieron lo que habíamos pretendido hacer. Aunque cuando leo esas mismas notas en casa, tirada en la cama con Quique hecho un ovillo entre mis piernas, la risa no aparece por ningún lado. La angustia se me acumula en la garganta y Laura me pregunta si estoy bien.

Sí, le digo.

Si estar bien es tener plata para un departamento calefaccionado, una cama cómoda y una heladera con alimentos y Dr. Pepper, entonces estoy bien. Si estar bien es vivir de lo que a una le gusta hacer, entonces no estoy bien un carajo, porque escribir para televisión no es escribir.

AGUSTINA

Los medios de comunicación compraron la teoría de la policía de Noha: un intento de robo.

José me dijo que lo sentía mucho. Luego me contó que aún tenía varios cuadros de Juan en la baulera del edificio al que se había mudado; compartía un dos ambientes con tres pibes que apenas conocía.

¿Cómo no se me ocurrió antes?, le dije.

¿Qué cosa?, dijo.

Siete cuadros, de los grandes, los que Juan pintó con las yemas de los dedos. Le dejé a José uno de regalo. Me dijo que no, gracias,

53

que no tenía dónde ponerlo. Pero le expliqué que no tenía que ponerlo en ningún lado, que lo que tenía que hacer era venderlo.

Nos pagaron una fortuna. Un coleccionista que me presentó Abel Figueroa compró los siete cuadros a ocho mil dólares cada uno.

José volvió a Allen y abrió una escuela de teatro para menores de dieciocho. Me escribió un mail contándome que la frutería de su vieja andaba para atrás, y que la caradura le había pedido plata, y él se había dado el lujo de decirle que no.

JUAN

La voy a obligar a que me depile uno por uno los pelos del culo. Estoy harto de que se me enganchen bolitas de papel higiénico cada vez que hago caca en este país sin bidets. Luego le compro algún vestido caro, o zapatos, o una de esas carteras de mil dólares que le arrancan el mal humor. Aunque gastar hoy mil dólares en una cartera sería irresponsable. Ya no podemos darnos el lujo de ser irresponsables. Agustina debe empezar a cuidar la ropa que tiene, improvisar combinaciones.

No recuerdo lo que tenía puesto la noche que fuimos a ver el desastre de Woody Allen en Barcelona. Permanecimos quietos, rígidos en nuestros asientos, durante la hora y media de película. Apenas nos rozamos con los brazos: mi brazo derecho con su brazo izquierdo. Recuerdo los roces, la sensación de su brazo contra el mío, pero no lo que tenía puesto.

Caminamos las cuadras del cine al restaurante mirándonos de reojo como dos boludos en una comedia romántica berreta. Un pibe que pasó en sentido contrario pronunció la palabra «puto» en voz baja pero asegurándose de que yo la escuchara, y de que ella la escuchara, y de que el mundo entero la escuchara. Me repetí que no tenía que darle bola, que no sabía quién era ese pibe y que ese pibe no sabía quién era yo, pero igualmente me invadió una rabia que se me hizo difícil reprimir.

Cuando nos sentaron y nos trajeron los menús, Agustina me preguntó si estaba bien. Le dije que sí, más que bien. Sonrió, y sonreí, y le pregunté si prefería agua con gas o sin gas. Me dijo que con gas. Le pedí al mozo una botella de agua con gas y un malbec barato. Cacé un pedazo de pan francés de la panera, lo partí al medio, lo unté con manteca y se lo ofrecí.

PAULA

Suena el teléfono. Nadie atiende. Suena otra vez. Nadie atiende. Suena otra vez. Atiendo y una mujer me pregunta si puede hablar con Paula Solís. Le digo que soy Paula Solís. Me dice que llama de la editorial Silbando Bajito, que leyeron las cincuenta páginas que les mandé y les gustaron mucho, que están interesados en recibir más cuando tenga. Le digo «Gracias» y corto.

Encuentro a los abuelos en la cocina untando galletitas de agua con queso crema y mermelada.

¿Qué hicieron?, les pregunto.

¿Con qué?, dice mi abuelo.

¿Quién se metió con mi novela?

Mi abuela levanta la mano.

Pero no me metí con tu novela, me metí con tu computadora.

¿Qué hiciste?

Me mandé las primeras cincuenta páginas de tu libro. El chico del locutorio me ayudó. Y también me ayudó a imprimir las páginas. Leyó las cinco primeras mientras esperábamos que se imprimieran las otras y me dijo que le gustaron, y eso me dio confianza. Le pregunté si conocía alguna editorial, y me dijo que uno de sus amigos trabaja en Silbando Bajito. No sé si es buena, pero me atendieron bárbaro. ¿Por qué? ¿Te llamaron?

Sí.

¿Y?

No te metas.

¿Les gustaron las páginas?

Me falta mucho para terminarla.

Ya escribiste más de cuatrocientas. No te puede faltar tanto. Nadie quiere leer algo tan largo.

Mi abuelo mastica una galletita con ansiedad y, como es costumbre, las migas se le pegan a los labios y ahí se quedan. Me quitan el hambre los restos de comida en los labios del abuelo.

Me metiste en un quilombo, le digo a mi abuela.

No, dice, te di una mano.

Ahora van a esperar que les mande más páginas, y las primeras cincuenta no estaban listas.

¿Les gustaron o no?

Eso no es lo importante.

¿Cómo que no?

¿Quién sabe quién las leyó? Quizá las leyó alguien que tiene un gusto de mierda.

¿Les vas a mandar más páginas?

No.

¿Por qué?

Porque no están listas. ¿Cuántas veces tengo que decirlo? *Falta mucho*. Dejame en paz.

No puedo.

¿Qué no podés?

Dejarte en paz. Sos lo único que tenemos, Paula.

Me encierro en mi cuarto y disparo el *drum and bass*.

AGUSTINA

Paula fue subiendo de peso. Aceptó salir una vez por día a dar dos vueltas a la manzana.

Le pedí que me pasara la dirección de la editorial.

¿Para qué?, dijo.

Voy a preguntarles si leyeron el manuscrito.

Ya van a llamar.

¿Cuánto hace que lo mandaste?

Un par de meses. Menos de un par. O más. Tres meses.

Es mucho tiempo, le dije.

Los tiempos en el mundo editorial no son lo que eran, dijo. Ya nadie se desespera por publicar un libro. Firman contratos de novelas que se publican tres años después.

Le pregunté cómo sabía tanto del mundo editorial si nunca en su vida había publicado un puto cuento. Como era usual, su respuesta fue encerrarse en su cuarto.

Compré dos celulares y le di uno. Me miró como si le hubiera ofrecido un sorete de perro recién levantado de la vereda.

Le pedí que me hiciera una copia de la novela, y me preguntó para qué, y le dije que para leerla, y se volvió a encerrar en su cuarto.

La casa olía como esas casas que fueron tapadas de agua por una inundación y quedaron abandonadas hasta que el agua bajó y los dueños entraron a ver cuán profundos eran los destrozos.

Paula me dejó sobre la almohada su novela impresa: doscientas siete páginas, hojas A4, letra Times New Roman doce, interlineado simple, márgenes de dos centímetros; título: *El milagro*. Me preparé un mate y me senté a leer.

Matthew

Según varios de mis profesores de *high school* tengo una inteligencia que me habría podido llevar a donde hubiese querido ir. Me dio bronca que los profesores hablaran así de mi inteligencia. Nunca les dije nada a mis padres ni a Celia y menos que menos a Billy. El único que sabe que según varios de mis profesores mi inteligencia me habría podido llevar a cualquier lado es Jake. Pero no hay nada especial en mi inteligencia. Me considero un poco más inteligente que Jake y muchísimo más inteligente que Ralph, pero hasta los gusanos que hace años se vienen comiendo al viejo Almeida son más inteligentes que Ralph.

Cuando Jake vino a contarme que su padre estaba enfermo y le había pedido que se hiciera cargo de la gomería y me ofreció asociarme con él no dudé en decirle que sí, no porque fuese algo que realmente quería hacer sino porque no había nada que realmente quisiera hacer y trabajar en la gomería me ahorraba el problema de tener que usar mi inteligencia para imaginar los mil quinientos pasos que me podrían haber llevado a hacer algo que tal vez hubiera realmente querido hacer, y también me ahorraba la necesidad de dar esos pasos.

Unos años luego la vieja de Ralph se tragó una farmacia entera. Ralph quedó solo y más abandonado de lo que había estado nunca y pensamos que no iba a llegar a Navidad cargando con semejante abandono. Le ofrecimos el diez por ciento del negocio y nos pidió el quince y le dijimos que sí.

Juan

Cuando venga Agustina voy a abrir una botella de Yamazaki que guardo para brindar por la llamada que hace meses no llega, y le voy a decir que mi carrera de artista conceptual ya murió (algo que ella sabe), y que no me importa que haya muerto, que en parte me alegra, y que de ahora en más quiero que usemos la plata que nos queda (muy poca plata) para empujar su carrera de actriz, para sacarla del pantano en que se encuentra desde hace años, desde siempre, desde que supo que quería ser actriz y empezó a intentar vivir como actriz.

¿Por qué mierda no me llama? Y la llamo y me da el contestador y dejarle otro mensaje es ridículo. Podría salir a buscarla, pero no tengo la menor idea de adónde fue. Dos horas de masajes de pies y manos. Afuera está oscuro, y Noha es un pueblo parco en lo que a luz eléctrica se refiere.

Habernos detenido en Noha un par de noches fue una forma de castigo. Me estoy castigando. Nos estamos castigando. Y yo merezco el castigo, merezco este cuarto en este motel en este pueblito pedorro, pero ella no. Agustina está acá porque es mi compañera y tuvo que seguirme. Está acá por culpa de mi arte conceptual, de mis instalaciones.

Debería sentarme a escribir un nuevo concepto, imaginar una posible instalación. Eso es lo que hace un profesional del arte conceptual.

¿Qué es el arte conceptual? Todo arte puede ser conceptual. Me llamo «profesional del arte conceptual» porque me pagan por hacerlo, no porque sé lo que hago. Aunque ya no me pagan, ni me llaman para ofrecerme un espacio.

Paula

La casa es un geriátrico: ese calor pesado y medicinal de los asilos para ancianos. Cenamos atún en aceite con tomate partido al medio. Mi abuelo corta su tomate en pedacitos y lo mezcla con el atún y una cucharada sopera de mayonesa; chupa los restos de mayonesa de la cuchara antes de tirarla en la pileta. Mi abuela pone su mano derecha sobre mi mano izquierda.

¿No te volvieron a llamar?

¿Quiénes?

Los de la editorial.

No. ¿Por qué me van a llamar? No les mandé nada.

Me mira con ganas de contarme algo, esperando que le pregunte ¿qué? Pero no voy a preguntarle, si me lo quiere contar que me lo cuente. Terminamos de cenar y lavo los platos mientras los abuelos van y vienen por el living.

Salgo a la vereda. La noche huele a lluvia inminente. Pienso en caminar hasta el locutorio y hablar con el chico que imprimió las páginas de mi novela. Entro en casa y cierro la puerta con las dos llaves.

A la mañana siguiente suena el teléfono. Nadie atiende. Suena otra vez. Nadie atiende. Suena otra vez. Atiendo y la misma mujer me dice que leyeron las nuevas cincuenta páginas que les mandé y están muy interesados. Me dice que las primeras cien páginas de la novela son increíblemente sólidas, con una pulida final van a estar listas para publicar. Me pregunta cuántas páginas más supongo que va a tener el primer borrador, y le digo que no estoy segura y corto.

Mi abuela sacude frazadas contra la ventana del living.

¿Qué hiciste?, le digo.

¿Te llamaron?, dice.

Sí.

¿Y?

En un movimiento rápido le arranco la frazada de las manos y la tiro al suelo.

¿Qué hacés?, dice. Es una mugre, todavía no barrí.

Voy a mantener mi cuarto cerrado con llave, digo. No quiero que entres ni para hacerme la cama.

Se agacha con esfuerzo a levantar la frazada y luego, tomándola de la punta, me sacude la cara. Me paso la lengua por los labios y saboreo el polvo, los resabios de piel muerta.

Te volviste loca, le digo.

Voy a seguir entrando a tu cuarto, dice.

No. Basta, abuela. ¿Por qué te cuesta tanto respetar mi deseo de…?

Porque no es tu deseo, Paula. Es miedo. El deseo que tu miedo te hace desear.

¿De qué mierda hablás?

Chito la boca.

No, chito un carajo. No te metas. Si seguís rompiéndome los huevos…

¿Qué?

No sé por qué pienso en quitarme toda la ropa. Y eso hago: me quito la remera, el pantalón de jogging, las medias, la bombacha y los dejo en el suelo. Mi abuela me mira el arbusto descontrolado. Por un momento pienso que va a ponerse de rodillas y metérselo en la boca.

Terminás la novela o te vas de esta casa, dice.

AGUSTINA

Juan decidió que lo mejor era atacarlos primero. Nunca había golpeado a nadie. Nunca lo había visto moverse con semejante rapidez. Se abalanzó sobre uno de los tres hijos de puta que se lo quitó de encima con una facilidad pasmosa. Juan salió despedido, como si pesara menos que un nene de diez años, y sacudió la pared junto a la ventana.

Se me vinieron al humo. Les grité que por favor no. No soy una mujer, les dije, soy un hombre vestido de mujer. Pero no parecía importarles. Estaba a punto de empezar a agitar mis brazos en sopapos que sabía no iban a servir de mucho, cuando uno de los hijos de puta se acercó a Juan y dijo, *fuck*. Nos miró con miedo, y entendí lo que esos ojos significaban, pero enseguida me grité, ¡tarada, no sabés nada, nadie sabe nada!

Me encantaría poder volver a ese cuarto de motel y pedirle a Juan que se levante y llevarlo de la mano a un *diner* donde lo vería leer *El milagro* mientras compartimos una *chiliburger* y un *milkshake* de chocolate y vainilla.

El cine de Hollywood nos enseñó que una persona puede ser arrojada contra la pared repetidas veces y se va a seguir levantando. Pero con Juan una vez fue suficiente. Los tres hijos de puta se dieron cuenta enseguida de que algo no estaba bien. Les pedí por favor que me dejaran ayudarlo, que llamaran una ambulancia, pero permanecían quietos (uno sosteniéndome de la cintura) sin saber qué hacer. La gente suele quedarse quieta cuando no sabe qué hacer. Pero los tres hijos de puta sí sabían qué hacer. Tardaron en reaccionar, pero no perdieron tiempo en discutirlo: salieron rajando.

MATTHEW

Abro una lata de cerveza y la vacío y abro otra y se la alcanzo a Ralph y abro otra y se la alcanzo a Jake y abro otra y la vacío y abro otra y me siento en la silla de playa. Hay algo adecuado en vivir en un pueblito en el que no pasa mucho. La vida se experimenta con mayor intensidad sentados casi sin movernos oyendo a un amigo respirar con esfuerzo por un asma infantil que sus padres no se preocuparon en curar.

Al mediodía almorzamos arepas que compramos en un *food truck* que abrieron hace una semana unos peruanos sucios como la tierra que trabajaban hasta hace poco. La salsa picante me cae mal y me bajo una cerveza para apagar la acidez y Ralph me dice que tome otra y eso hago.

La misma pareja pasa caminando como si disfrutara de pasar caminando frente a nosotros y Jake dice que tal vez sean gente de cine buscando locaciones para filmar y Ralph dice que no son gente de cine porque la gente de cine anda por la vida con cámaras de fotos y encontrando todo interesante y Jake le pregunta que cómo sabe tanto de gente de cine y Ralph dice que su primo Pat trabaja en una productora en Queens de persona a la que solo usan para cargar cosas de un lado al otro. Cuando la pareja dobla la esquina Ralph se pone de pie y lanza la lata no del todo vacía al jardín de la vieja Almeida y sale tras ellos.

Con Jake vendemos dos llantas Goodyear a un viejo y le hacemos un descuento porque vemos que lo necesita y abrimos latas y volvemos a sentarnos a esperar que la vieja Almeida salga a regar las plantas y encuentre la lata no del todo vacía en su jardín y se muera de ganas de gritarnos barbaridades que nunca en lo que le queda de vida se va a animar a gritar.

Como la acidez arde cada vez más le digo a Jake que me voy temprano y que si tiene algo para decir no me importa lo más mínimo.

Entro a casa y oigo un gemido que nunca en mi vida oí e imagino a Celia descuartizando un cachorro en nuestro cuarto. Pero cuando abro la puerta me doy de cara con la espalda desnuda de un hombre alto y cuadrado. Aprieto la mano derecha en un puño con la intención de romperle la nuca pero entonces la cara de Celia, mi mujer, la madre de mi hijo, la chica tímida que llevé a nuestra *prom*, la única persona además de mamá y yo que sostuvo mi pene, se asoma a la altura de la cintura del hombre desnudo y me mira con horror.

No pasa nada, dice. Es la primera vez. Estaba aburrida y…

Me sorprendo rogándole a Dios que Billy no sepa que un hombre desnudo y cuadrado y, ahora lo veo con claridad, latino, de alguna parte de esa América que no debería llamarse «América», viene a la tarde luego del almuerzo y se la mete a su madre.

Julio vino a arreglarnos la heladera, dice Celia. ¿Te acordás que te dije que hacía un ruido raro? Bueno, se le estaba acabando el…

Gas refrigerante, dice Julio.

En lo único que pienso es en saltarle encima y castigarlo como mi padre me castigaba cuando llegaba media hora tarde de donde sea que hubiera ido, pero no consigo moverme y me odio por no ser capaz de moverme. Mientras siento la acidez que intenta comerme por dentro veo cómo Julio se viste y amaga con darle un beso a Celia y ella lo mira con unos ojos que le preguntan si está loco y Julio sale corriendo. Celia sonríe y me dice:

Volviste antes.

JUAN

Muy poca gente vino a mis tres muestras de pintura en Buenos Aires: mis abuelos, mi hermana y algunos amigos. Agustina no vino porque, aunque en esa época ya vivíamos juntos en el monoambiente, aún no se la había presentado a mis abuelos y mi hermana.

Me costaba decidirme por la mejor manera de presentarla. Ellos sabían que hacía tiempo salía con una aspirante a actriz que trabajaba de modelo vivo para talleres de pintura, pero no que era una mujer que había nacido hombre. Me llenaban de preguntas, y yo tenía que existir haciendo malabares con todas las mentiras que les contaba, esforzándome por no olvidarlas, no contradecirme.

Agustina se había empezado a impacientar. Detestaba mi indecisión. Quería saber cuáles eran mis intenciones reales, mis sentimientos reales, lo que nuestra relación representaba para mí. Y yo le juraba y recontrajuraba que la amaba, y que siempre íbamos a estar juntos. Un juramento que me salía con total naturalidad y me inclinaba a suponer que era verdad, que sí la amaba, y que sí pretendía vivir lo que me quedara de vida con ella. Pero entonces ella no entendía por qué si lo que le juraba y recontrajuraba era verdad me costaba tanto contarles.

¿Qué importa lo que piensen, lo que digan?, decía. Lo que importa es que nos amamos y que siempre vamos a estar juntos.

AGUSTINA

Encontré a Paula acostada boca arriba en el suelo del living.

Es un milagro, le dije.

¿Qué cosa?, dijo.

Tu novela. *El milagro*. Es un verdadero milagro.

Me miró como si le hubiera hablado en griego antiguo.

PAULA

Hay algo indigno en volver público lo que uno escribe en la intimidad. Pero al mismo tiempo disfruto imaginando la admiración que todos esos desconocidos son capaces de sentir por esto que escribo para nadie que no sea yo y mi deseo de escribir.

Suelo evitar conocer físicamente a los escritores que admiro. No me importa conocerlos, prefiero que no me importe.

En algunos países tienen la costumbre de pedirles a los escritores que lean porciones de sus libros en vivo, usualmente en librerías, y que participen de sesiones insoportablemente largas de preguntas y respuestas. Los lectores en serio nunca van a esos eventos. No quieren ver a sus escritores favoritos tartamudear, o transpirar, o responder preguntas imposibles, no porque sean difíciles sino porque son estúpidas. Los que van a esos eventos son curiosos en el peor sentido de la palabra. Solo quieren saludar al escritor, pedirle un autógrafo, decir por ahí que lo conocieron. Los que van a esos eventos nunca leen los libros de los escritores que se mueren por conocer. Quizá las primeras páginas, o las últimas. Sí suelen leer y releer las contratapas hasta memorizarlas.

AGUSTINA

Juan parecía vivo en mis brazos, dormido.

La policía me tuvo toda la noche en la comisaría. Intentaban de las maneras menos delicadas hacerme confesar que lo había matado. Veinte veces les dije que conocía a los asesinos: los vi, recuerdo sus caras, sé dónde trabajan.

Un dibujante hizo bocetos en lápiz de los tres hijos de puta pero, aunque me esforcé por explicarle las particularidades de sus caras, el resultado fue insatisfactorio: tres retratos ambiguos, demasiado parecidos entre sí.

Le dije a Paula que iba a ayudarla, que antes de volver a Estados Unidos iba a hacer todo lo posible por publicar su novela.

¿Estados Unidos?, me preguntó.

No sé cuándo empecé a planear la vuelta a Estados Unidos. Supongo que tras vender los cuadros de Juan. Aunque a los pocos días de venderlos me arrepentí, pensé que de haber esperado unos años más su precio se habría triplicado, o cuadriplicado, o quién sabe; el arte hoy en día no tiene límite en su valor.

Paula vivía en una especie de coma consciente. Tenía la capacidad de quedarse horas quieta, sentada en la cocina con un mate que se había secado hacía rato, leyendo o haciéndose la que leía, por lo común novelas policiales que no terminaba.

Me gusta empezarlas, dijo. *Empezarlas* nomás. Luego se vuelven predecibles.

Me contó que los buenos escritores que se rebajaban a escribir policiales, como John Banville, terminaban fracasando en las tramas, que los buenos escritores no saben de tramas, y que los escritores de policiales terminaban fracasando en la prosa, que los escritores de policiales no saben escribir.

Matthew

Nos sentamos en la cocina a tomar botellitas de muestra de *Maker's Mark* que los padres de Celia nos traen de Kentucky.

Billy debe estar por llegar en cualquier momento. Celia dice cosas pero no le presto atención porque no son las que debería decirme y lo sabe.

Me levanto y se endurece como si intuyera que voy a darle vuelta la cara de un sopapo aunque nunca le puse una mano encima. Me meto en el baño y golpeo la pared varias veces con la frente intentando sacudirme la idea de que un latino se la está metiendo a mi mujer, una mujer a la que sigo amando y voy a amar hasta que el mismo paro cardíaco que mató a mi padre y abuelo y bisabuelo me arroje al pozo ciego.

Me paso el resto de la tarde en la calle jugando al *hockey* con Billy mientras Celia cocina sin escuchar el programa de radio que usualmente escucha al cocinar. Billy percibe que algo no está del todo bien y quiere hablarme al respecto pero no, me cuenta que a uno de sus compañeros le regalaron el juego nuevo de NASCAR para la Xbox que es muy superior al juego anterior de NASCAR para la Xbox e infinitamente superior al juego de NASCAR para la Xbox que él tiene, que es uno de los primeros juegos de NASCAR para la Xbox. Cuando Billy me dice que a uno de sus compañeros le regalaron algo lo que hace es pedirme que se lo compre aunque sabe que lo más probable es que no se lo vaya a comprar porque la gomería no da para lujos.

No entiendo a la gente que tiene más de un hijo. Tener un solo hijo es simple, uno sabe dónde depositar el amor por ese hijo. Pero si Celia pariese otro me confundiría, no sabría dónde depositar lo que deposito en Billy, cómo dividirlo entre Billy y el otro.

Me subo a la camioneta y le digo a Billy que suba y prendo el motor y enfilo hacia el Best Buy del Hudson Valley Mall. Le digo que espere en la camioneta y me dice que quiere venir conmigo y le digo que no y prendo la radio y le pido que se vaya entusiasmando porque voy a conseguirle el juego nuevo de NASCAR para la Xbox.

Los empleados me miran con el mismo desgano que miramos el auto que entra en la gomería cinco minutos antes de cerrar. Me acerco a la sección de juegos para la Xbox y le pregunto a un empleado pelirrojo si sabe cuál es el último de NASCAR y lo busca en la computadora y luego en las bateas y me lo ofrece y lo examino como si supiese algo de juegos para Xbox y le pregunto si está seguro de que es el último de NASCAR y me dice que sí. Enfilo a la salida y oigo que me dice que la caja es al fondo a la izquierda pero lo ignoro y paso entre los detectores y la alarma empieza a sonar. Me subo a la camioneta y veo a los empleados salir del negocio pero no se animan a detenerme y prendo el motor y manejo tranquilamente de vuelta a casa.

Cenamos en silencio. Billy se apura a limpiar su plato y nos pregunta si puede ir a su cuarto y le digo que sí antes de que Celia diga que sí. Abro la heladera y saco una cerveza y me siento en el porche a tomarla esperando que Randy venga a arrestarme.

JUAN

Lo mejor es quedarme tirado en la cama rascándome los huevos. Dos bultos que vivo rascando y tocando y apretando como si necesitase constantemente asegurarme de que siguen ahí. Dos bultos que Agustina también tiene pero vive ignorando, desdeñando, excepto cuando se los depila.

Nunca supe si Agustina siente los bultos falsos que forman sus tetas. Si vive consciente de esos bultos falsos que le cuelgan del pecho, consciente de la falsedad. Esos bultos que llenan un vacío que existía en ella desde el momento en que se dio cuenta de que era mujer. Un vacío que tuvo que soportar años hasta que los cientos de horas posando para pintores sin talento le permitieron ahorrar la plata necesaria para llenarlo.

¡Cuánto vacío! ¡Cuántas boludeces hacemos intentando llenar el vacío! Insignificancias como el arte conceptual. Pero las tetas para ella no son insignificancias. Dos bultos esenciales que pertenecen a lo que ella es, a lo que siempre fue.

Distintos tipos de vacío entonces: el vacío esencial que ella pudo llenar con sus bultos y el vacío no esencial que yo intenté llenar con el arte conceptual. Y durante un tiempo llené el vacío con mis instalaciones. Me creí artista. Creí en la importancia de mi arte y que otros creían en la importancia de mi arte. Aunque de alguna manera sabía que todo era una farsa, un curro, un circo insustancial que nunca podría llenar el vacío.

Solo Agustina llena el vacío. ¿Dónde se metió ella, que llena su vacío con dos bultos y es el bulto que llena mi vacío? ¿Dónde mierda se metió?

PAULA

Luego del almuerzo me siento a escribir, pero no tipeo más que la frase: *Sabía que el incidente no iba a pasar desapercibido.* Selecciono las primeras cien páginas, las copio en un archivo de Write-Monkey que titulo *Enviados* y lo ubico en el escritorio junto al archivo anterior, que retitulo *Por enviar*.

Que yo sepa mi abuela nunca leyó un libro. Alguna que otra mañana la encontré leyendo la sección de espectáculos del diario, tratando de descifrar cuál era la función de cine más cercana al desayuno. Pero es una editora de estilo impresionante. Las primeras cien páginas son mías pero mejores. Cambiando poco y nada, puliendo una que otra oración, las mejoró. ¿O habrá sido el chico del locutorio?

Los abuelos juegan a la escoba del quince en la cocina.

Necesito hacerte una pregunta, le digo a mi abuela, que asiente al tiempo que cuenta sus cartas. ¿Vos puliste las primeras cien páginas de mi novela, o te ayudó alguien?

Fui yo, dice. Igualmente no es mucho lo que hice. Mientras leía iba quitando basuritas, como si mis ojos fueran plumeros. La novela es toda tuya. Muy linda. Al principio me preocupé, porque la protagonista es un poco desagradable, trata mal a todo el mundo, en especial a los hombres. Pero luego aprendí por qué lo hace, y me pareció muy tierno, el hecho de que todos los hombres le recuerden a su marido muerto, pobre, tan fea enfermedad, y se nota que ella intenta quererlos, que se esfuerza, pero...

Me llamaron de la editorial, le digo.

¿A quién le toca repartir?, pregunta mi abuelo.

¿Y?, dice mi abuela.

Les gusta, digo. Parece que les gusta.

La setenta es mía, dice mi abuelo.

¿Y qué esperás entonces?, me pregunta mi abuela.

¿Para qué?

Terminarla. Encerrate en el cuarto y terminala. Acortala un poco.

No sé si puedo.

Claro que podés. Fijate qué es lo esencial y lo otro sacalo. La gente ya no tiene paciencia. Nadie lee libros largos.

Me encierro en mi cuarto a terminar la novela. No sé cómo terminarla. Ni siquiera sé cómo acortarla. Me pellizco el clítoris con dos dedos y tiro como si fuera una cinta en una torta de casamiento. No me toca el anillo.

AGUSTINA

En las clases de teatro se contaban historias de profesores que les recomendaban a alumnos que se olvidaran de sus sueños y buscaran otro oficio. Nos retorcíamos de bronca. Pero ahora pienso que esos profesores estaban en lo correcto: la gente sin talento necesita salirse del engaño lo antes posible, no desperdiciar la vida en una búsqueda quimérica.

Mi problema no es que no tenga talento, sino que tengo un talento mediano. Un talento que no empuja a los profesores a recomendarme que olvide mis sueños de actriz, pero tampoco me permite conseguir buenos papeles. Toda mi vida papeles de mierda. Papeles que me avergonzaban. Pero ¿quién era yo para decirle que no a la posibilidad de subirme a un escenario?

Los pocos buenos papeles que me dieron pertenecían a versiones trans de clásicos (por lo común Lorca, algún que otro Shakespeare), con un elenco formado únicamente por mujeres que habían nacido hombres (algún que otro hombre que había nacido mujer), y que nadie que no fuese amigo o familia o pareja venía a ver.

Mi problema no es tener un talento mediano sino pretender elegir qué hacer de mi vida como los hombres que nacieron hombres o las mujeres que nacieron mujeres eligen. Aunque no son muchos los que pueden elegir qué hacer de sus vidas.

¿Qué nos queda a nosotras entonces? ¿Qué me queda? ¿Qué me quedaba?

MATTHEW

Ralph nos dice que estuvo tomando café con Carl en el motel y le contó que la mujer que se instaló ayer con el hombre que parece turista no es mujer, sino uno de esos hombres que se ponen tetas y se visten de mujer. Abre una lata y la vacía de un trago y abre otra y me la alcanza y abre otra y se la alcanza a Jake y abre otra y la vacía y dice que Carl le dijo que el travesti tiene una de las manzanas de Adán más grandes y puntiagudas que vio en su vida.

Abro una lata y la vacío y abro otra y tomo un trago y la lanzo al jardín de la vieja Almeida y quizá porque hoy Ralph y su forma de hablar me resultan sumamente irritantes le pregunto si no ve la hora de besarle la monstruosa manzana de Adán a la *shemale* y que luego ella lo ponga en cuatro y se la meta hasta la garganta.

¿Dónde aprendiste esa palabra?, me pregunta Jake.

¿Cuál?

Shemale.

No sé, digo y los dos se ríen como los sapos cuando explotan.

AGUSTINA

Siempre me molestó que las mujeres que nacieron hombres llamen a sus penes «clítoris».

JUAN

No sé por qué Agustina no llama. No sé nada. Y mientras me quede acá mirando la mancha en la alfombra no voy a saber nada. Qué lindo es no saber nada, ni de Agustina ni de Paula ni de mis abuelos, que ya están viejos y en cualquier momento se fracturan la cadera. Lo mejor es recordar. Aferrarme a eso que existe en el pasado y mientras seamos no va a poder reescribirse. Elegir un recuerdo y aferrarme, como el verdín a las rocas en las escolleras de Mar del Plata.

Nuestra segunda cita. Agustina me había invitado a presenciar el unipersonal de su amigo José, la adaptación de una obra de Artaud. En el dormitorio nos sentamos en sillas que habían recolectado de los vecinos (se habían pasado toda la mañana tocando timbres y rogando por sillas) y acomodado alrededor de la cama. José, desnudo, con las manos atadas a la cabecera, nos miraba fijo y escupía las palabras que Artaud había escrito años atrás ignorando que un actor argentino iba a escupirlas desnudo en una cama *queen* (que luego esa misma noche descubriría que estaba vencida) en un departamento deplorable en Tribunales.

Una cama en la que dormí más de dos semanas, hasta que le propuse a Agustina que se viniera a vivir conmigo, o al menos que se instalara en mi departamento un tiempo. Ya no soportaba mis viajes a Tribunales, y tampoco las mañanas desayunando en la cocina diminuta con José, que no paraba de hablar de sus planes, de las obras que iba a escribir y de las películas que iba a filmar, sabiendo que nunca iba a escribir ninguna obra ni filmar ninguna película, y sabiendo que yo lo sabía. Un enano con el ego de Andy Warhol y el talento de uno de esos actores que son los mejores actores en sus grupos de teatro en pueblos como Allen, o Ascochinga, o San Luis del Palmar, donde nació Agustina.

Un pueblo del que escapó una semana luego de cumplir los dieciocho y pasar la última materia de quinto año, sin una idea clara de lo que iba a hacer en Corrientes Capital, con unos pocos pesos que le había dado su abuela a espaldas de sus viejos.

La abuela de Agustina sufrió un derrame cerebral mientras

cocinaba una *bagna cauda* y se sumergió en un coma del que ya no logró salir, hasta que su cuerpo dijo sanseacabó.

PAULA

Cuando pierdo confianza en mis oraciones, suelo leer a Kurt Vonnegut: un escritor que pertenece a ese grupo reducido de artistas que sin la ayuda de un talento enorme lograron producir una obra única. Hay algo sosegador en saber que artistas sin un talento enorme pueden producir obras únicas.

Tuve que pedirle a mi abuela que me ayudara; es decir, que siguiera ayudándome. Nos encerramos en mi cuarto a trabajar con el *drum and bass* a todo volumen. Cada dos por tres lo pausaba para asegurarnos de que el abuelo iba y venía por el living.

Mi abuela hizo un trabajo impecable. Cuando terminaba de pulir un párrafo largo, me pedía que le cebara un mate. Le cebé más de cien en una semana.

Me aterró descubrir la cantidad de palabras innecesarias que uso. Horas y horas de corrección no me salvan de seguir llenando el texto de basuras.

Mandamos las siguientes cincuenta páginas a Silbando Bajito. Mi abuela fue al locutorio, las imprimió y las dejó en la editorial. No tardaron en llamar y decirme que las primeras ciento cincuenta páginas eran lo mejor que habían leído en el año. Ya estamos en octubre, lo que le da cierto valor al comentario.

Mi abuela anda feliz, como una nena que se disfrazó de vieja para Halloween y le acaban de avisar que ganó el premio a mejor disfraz. Se puso a preparar arroz con leche, y mientras lo prepara canta la canción «Arroz con leche».

Leo las casi doscientas páginas restantes de la novela. No hay final. No lo tiene, o no lo encuentro. Hojeo las últimas páginas de novelas que tienen un final abierto, para consolarme, para convencerme de que puedo dejarla así, para engañarme. No me engaño. Tres noches sin dormir, sentada frente a la laptop, el *drum and bass* rompiéndome los tímpanos.

Mi abuela cocina un guiso de arroz, arvejas y pollo mientras repite bum bum bum sin darse cuenta de que lo repite.

Me cagaste, le digo. No sé cómo terminarla. Y ahora los de la editorial están esperando que...

No seas llorona, dice. ¿Cuál es el problema?

¿El problema? El problema es que...

No hay ningún problema, Paula. Ninguno. Está todo en tu cabeza.

Exacto. La novela está en mi cabeza, y el problema está en mi cabeza. Lo que no está en mi cabeza es el final.

No entendí una palabra de lo que acabás de decir.

Me metiste en un quilombo, abuela. Hubiera sido mejor no mandar nada, o que no les gustara lo que mandaste la primera vez.

Sonás igual que tu abuelo. *No tendríamos que haber comprado la casa. El auto es un gasto al pedo.* Un llorón. Toda su vida un llorón. Está bien, el auto fue un gasto al pedo, pero la casa... ¿Dónde viviríamos si no fuese por mi insistencia?

No hay final, le digo.

Claro que hay final, dice. Dejame que pula las páginas que faltan y vas a ver como le encuentro un final.

AGUSTINA

Paula se comportaba como si no hubiese mandado ningún manuscrito a ninguna editorial. Pensé: que se joda. Pero si no me enfocaba en intentar publicar *El milagro*, entonces ¿qué quedaba para mí?

Sabía lo que quedaba, ya lo había decidido, y me aterraba saberlo. Me aterraba *imaginarlo*, y también lo convencida que me sentía al respecto, como si ir en busca de tres hijos de puta en el otro lado del mundo con la intención de algún tipo de venganza fuese una meta de lo más natural, como si en nuestro mismo barrio hubiese decenas de personas a punto de salir a buscar hijos de puta al otro lado del mundo.

Antes de que viajara a Allen, le conté a José lo que pensaba hacer.

¿Por qué?, dijo.

Si no voy a vengarme de los tres hijos de puta entonces no queda nada.

¿De qué mierda estás hablando, Agus?

Juan se llevó mi vida. *Se la llevó.* El hijo de puta que lo arrojó contra la pared del motel no arrojó a Juan, ni siquiera al cuerpo de Juan, arrojó mi vida, la tomó con ambas manos y la hizo pedazos.

No seas idiota. Con la plata de las pinturas podés hacer lo que quieras. Ponerte un negocio. Producir una obra de teatro. Sos la María Kodama del arte conceptual argentino.

Me hace gracia pensar que cuando conseguí mi primer trabajo de modelo vivo me sentí la persona con más suerte del mundo, le dije. Que me pagaran por admirarme…

No te admiraban, te miraban.

Algunos me admiraban.

Juan.

Juan tenía la capacidad de pasar desapercibido, de desaparecerse, incluso cuando estaba ahí a la vista. Podía lograr que la gente lo mirara pero que no lo viera, que no lo registrara.

Vos lo registraste.

Sí, con el tiempo. Luego de salir un par de veces… de cenar y ver la película de Woody Allen que Juan odió más de lo que odiaba que la gente nos relojeara y murmurara cosas… luego de un mes de salir con él aún no podía acordarme de su cara. Me acordaba de su forma de mirarme, lo cómoda que me hacía sentir, cómo el corazón me latía al mango cuando sabía que estaba por llegar. Pero no de su cara, de su físico, ni siquiera de su cuerpo desnudo.

Paula, en cambio, se te aferra a la memoria como una hierba mala que se resiste a abandonar el jardín aunque le tiren litros y litros de herbicida.

MATTHEW

Algunas noches me despierto a las tres de la madrugada y salgo de la cama con cuidado y busco la laptop de Celia entre el caos de ropa y cremas y mechones de pelo postizo y me encierro en el baño a ver videos de travestis.

Una noche mientras buscaba videos en la sección de lesbianas apareció uno de una mujer con un travesti y por alguna razón cliqué en ese video y me pareció que la mujer con pene era mucho más atractiva y femenina que la mujer sin pene y terminé masturbándome durante cuarenta minutos mirando una y otra vez el video de la mujer y el travesti, pero enfocando la atención principalmente en la mujer con pene.

Luego, en la cama, con Celia roncando a mi lado, me atormentaba no entender por qué la mujer con pene me había parecido tanto más atractiva y femenina que la mujer sin pene. Y no solo eso, el travesti me había parecido simplemente una mujer, no lo había visto como algo distinto a una mujer, aunque todo el tiempo le veía el pene y los testículos y me angustiaba estar a punto de eyacular con la vista fija en ese pene y esos testículos que horas luego en la cama junto a Celia roncando no me parecían pene y testículos en el sentido en el que los hombres tenemos pene y testículos sino pene y testículos que al mismo tiempo eran otra cosa.

Nadie sabe de mi predilección por videos de travestis a las tres de la madrugada. Nunca vi un travesti en persona. En Noha no hay travestis ni los hubo ni los va a haber excepto por el estudiante afeminado del Noha High School, que tuvo que salir rajando del pueblo con su familia porque a medida que su cuerpo se acercaba más y más al de una mujer más y más crecían las burlas que con el tiempo dejaron de ser burlas y se convirtieron en torturas.

Nunca salí de Noha para ver a una mujer ni a una mujer con testículos ni a los Mets, que juegan como si fuesen hombres sin testículos. No hay necesidad de salir de Noha. No hay nada para ver en el mundo que uno no pueda ver en Noha o en cualquier pueblo como Noha o en cualquier pueblo.

JUAN

Si al menos me hubiera dejado una nota un poco más precisa que: *Perdoname que no te desperté. Tengo que hacer algo sola. Vuelvo antes de las cinco. Te amo.* ¿Qué es lo que tiene que hacer sola? No se me ocurre qué puede ser eso que tenía que hacer sola antes de las cinco. Hace meses que vivimos sin tener nada que hacer más allá de estar juntos, alimentarnos, dormir y pensar en un futuro posible.

Deberíamos haber ido a Washington, tramitar pasaportes y

volver a Buenos Aires. Agustina podría trabajar, si es que le entran ganas de trabajar.

En Manhattan vivía quejándose de que no podía trabajar. Me habían dado la visa O1 para personas extraordinarias del arte y el deporte, y a ella, por ser mi esposa, la O3 de acompañante de la O1, que le permitía permanecer en Estados Unidos tres años y estudiar lo que quisiese estudiar, pero no trabajar. Me había pasado horas insistiendo en lo inmejorable de su situación: vivir en New York con plata pero sin la posibilidad de trabajar. Habría saltado de felicidad si esa hubiera sido mi situación, si ella hubiera sido la que me llevaba a vivir a New York con plata y sin la posibilidad de trabajar. Pero ella insistía: trabajar, trabajar, trabajar, trabajar...

La convencí de que se anotara en una buena escuela de teatro y que tomara clases de inglés. Se anotó en el Stella Adler Studio of Acting y en un curso de inglés, al que iba dos veces por semana. Empezó a asistir a castings de películas y obras de teatro. Pero los únicos papeles que consiguió fueron partes menores en obras de teatro del Off-off-off-Broadway que nadie que tuviera un gramo de buen gusto iba a ver.

Agustina se fue desbarrancando lentamente en el desgano y una depresión leve que la empujó a abandonar el Stella Adler Studio of Acting y el curso de inglés. Se pasaba los días en el departamento sin hacer nada, respirando de forma exagerada a mi lado mientras yo trabajaba en mi arte conceptual. Los meses en los que me dedicaba a imaginar instalaciones casi no salía, y en el departamento no hacía más que ver tele o jugar a la Playstation. Agustina también pasaba la mayor parte del tiempo sin hacer nada, y a veces la irritaba que yo pasara la mayor parte del tiempo sin hacer nada, aunque mi no hacer nada era muy distinto de su no hacer nada.

No sé por qué se dice «no hacer nada», o «sin hacer nada», cuando en realidad lo que hacemos es *hacer nada. Hacemos nada.*

Mi hacer nada era muy distinto a su hacer nada. Mi hacer nada nos permitía vivir en New York, dándonos una cantidad limitada pero nada despreciable de lujos. A ella le encantan los lujos, y a mí me encanta dárselos. Pero al mismo tiempo temía que Agustina se acostumbrase a esos lujos y luego, cuando se me acabara la joda, cuando se dieran cuenta de que soy un chanta y la plata se cortase de golpe, no pudiera reacomodarse a la vida anterior sin lujos.

Aunque ahora que la joda se cortó, que el teléfono dejó de sonar, tengo que aceptar que Agustina asumió nuestra nueva vida con la mejor actitud. Entendió las circunstancias mucho mejor que yo, y mucho más rápido que yo. Yo me negué a creer que lo que pasaba estaba pasando, atascado en la idea de que el éxito en el arte es así: va y viene. Ahora sé que a veces va y ya no viene.

PAULA

Mail a Juan:
Me acabo de dar cuenta de que pasaron casi tres meses desde que me escribiste por última vez. Contame cuando puedas cómo están. Los abuelos les mandan un abrazo.

Cierro la laptop y abro el cuaderno Moleskine de tapa dura que Juan me regaló quién sabe cuándo. Mi abuela me convenció de que intente escribir el final a mano. Dice que si me olvido del archivo de la novela, si dejo de lado el peso de las más de cuatrocientas páginas de WriteMonkey, el final se me va a aparecer con facilidad.

No sé por qué la escucho. No tiene la menor idea. Demostró ser una editora de estilo impresionante, pero pulir un texto no es escribirlo. Es una parte fundamental, lo admito, pero no es escribir. Escribir es escribir y corregir; pulir es otra cosa. Corregir es mejorar el texto de manera esencial, aunque se trate de solo quitar una palabra; pulir es barrer las basuritas.

Me paso la mayor parte del día dibujando en el cuaderno caras de narices grandes y una sola ceja. Luego camino un rato por el barrio. Es la primera vez en mucho tiempo que no padezco la necesidad urgente de volver a casa y encerrarme en mi cuarto.

Intenté convencer a mi abuela de dejar el final abierto y se me cagó de risa.

Los de la editorial están esperando un final, así que tenés que darles uno.

Mandamos cincuenta páginas más (de la ciento cincuenta a la doscientos) y la misma mujer llamó y dijo que, aunque la calidad de la prosa sigue siendo excelente, la trama cae en intensidad.

En estas últimas páginas sentimos que la narración se estanca, dijo. Son un placer de leer, pero Sonia no parece moverse, como si sus acciones dejaran de importar. Creo que estas doscientas páginas tienen el potencial de ser ciento cincuenta páginas finísimas.

Al cortar pensé que todo se había ido al carajo. Le conté a mi abuela lo que había dicho la mujer, y me miró con una sonrisa y me pidió que por favor terminara con el melodrama.

Nunca le encontré la gracia a esto de caminar. Juan me llamaba de vez en cuando y me decía, nos vamos a caminar a Palermo. ¿Me estaba informando que se iban a caminar o me invitaba a que fuera con ellos? Nadie llama a su hermana para informarle que se va a caminar.

Me detengo en un kiosco y compro cinco bocaditos Marroc. Al llegar a la esquina me encuentro en la puerta del locutorio donde mi abuela imprime las páginas de *El milagro*. El chico habla por celular mientras cuenta el manojo de monedas que un anciano (que supongo habrá pasado treinta minutos mirando fotos de sus nietos en Facebook) pretende encajarle como pago. No debe tener más de treinta años, pelo negro lacio, piel aceitunada. Quiero entrar y presentarme, decirle que yo escribí esas páginas que él imprimió y admiró. Le entrega el recibo al anciano y, sin quitarse el celular de la oreja, gira hacia la entrada. Me oculto tras un póster de la Lotería Nacional.

Volviendo a casa pienso que tal vez el único final posible para Sonia sea el suicidio. Gonzalo, su marido, no va a volver de la muerte. ¿O sí? ¡Sí! ¡Gonzalo vuelve de la muerte! Se le aparece en la cama, una mañana, y desayunan juntos, como si no hubiera pasado nada, como si él no hubiera muerto de un cáncer de pulmón que se le fue al páncreas y los huesos, y viven juntos como mujer y fantasma, hasta que la muerte los vuelva a separar.

AGUSTINA

Mamá me mandó un mail preguntándome dónde andaba. Se disculpaba otra vez por no haber asistido al entierro. Me contaba que las cosas en San Luis del Palmar estaban para el culo. No le contesté.

Unos días luego la llamé y se sorprendió de que la llamara. Al escuchar su voz recordé lo lejos que me quedaba esa mujer. Le dije que estaba viviendo en lo de Paula, que tenía que resolver unas cosas en Buenos Aires, que por el momento no iba a poder ir. Me preguntó si podía venir a visitarme. No supe qué contestarle. Se apuró a aclarar que su intención era venir no más de dos días, que pensaba alquilar un cuartito en una pensión, que no era necesario que pasáramos los dos días juntas.

Quedate con nosotras, le dije, y enseguida me arrepentí de haberle dicho eso, pero no lo suficiente para desdecirme.

Llegó de Retiro al mediodía con una caja de alfajores Ñandé. Paula salió de su cuarto para darle un beso en la mejilla, que mamá recibió con pavor, y volvió a encerrarse.

Dimos vueltas por el barrio (el sol firme en un cielo azul que los tres hijos de puta y yo de alguna manera compartíamos), casi sin hablarnos, aunque las dos nos dábamos cuenta de que la otra tenía un montón de cosas para decir. Me contó que el negocio (mis viejos eran dueños de un kiosco/juguetería) se había venido en picada en el último año y medio. Le pregunté qué pensaban hacer, y me dijo que estaba desesperada, que no sabía qué iba a pasar, que papá se comportaba como si ya nada tuviese importancia, como si perder o no el negocio le diese lo mismo.

No es mi problema, pensé. Siempre me molestó la costumbre de la gente de tirarle su mierda a los otros, como si los otros no tuviesen su propia mierda. En Buenos Aires, la mayoría de la gente es adicta a invitarse a tomar un cortadito y arrojarse su propia mierda a la cara, mutuamente, abandonando el café con el alma manchada de mierda propia y ajena, y sin nada resuelto.

Le ofrecí a mamá algo de la plata que me habían dado por los cuadros, y disfruté viendo la fuerza que hacía para no aceptar.

¿Estás segura?, le pregunté con un dejo de placer, como si mamá fuese una llaga al rojo vivo y yo un dedo.

VERÓNICA

Me despierto a las ocho de la mañana con Quique lamiéndome la nariz y mirándome con esa alegría inmarcesible que hasta los perros sin piernas tienen. Apenas salgo de la cama me pongo un buzo abrigado y unos joggings, y me calzo las pantuflas con forro de piel de oveja artificial que Laura me regaló para el Día de la Madre. No tenemos hijos humanos, pero nos damos regalos el Día de la Madre y nos convencemos de que vienen de parte de Quique.

Una sirena de ambulancia o un loco gritando en la calle no tarda en recordarme que vivo en Manhattan: un tres ambientes en el East Village que se chupa la mitad de mi sueldo. Un sueldo que al firmar el contrato supuse que me iba a permitir jubilarme a los cuarenta y cinco años, pero que ahora sé que, entre lo que se lleva el IRS y mi agente y abogado, no nos va a servir para mucho más que vivir sin trabajar un tiempo breve.

Dos manojos de alimento balanceado en el plato de Quique, y preparo café Du Monde con achicoria en una prensa francesa que me llevó doce intentos fallidos aprender a usar. Cuando el olor del café me golpea la nariz, empieza el día. El olor del café me lava la cara y me limpia las lagañas.

Acomodé la única mesa que venía con el departamento junto a la ventana del cuarto y la uso de escritorio. Mientras duren los primeros cafés con leche del día, leo, releo y avanzo en esta serie interminable que me pagan por escribir.

Laura vuelve a meterse en la cama con su taza de café con leche y tostadas de pan negro con queso crema y *maple syrup*. Supe que era la persona con la que iba a vivir el resto de mi vida cuando comprobé que era capaz de escribir escenas decentes con ella respirando en el mismo cuarto.

Abro en una página al azar cualquiera de los catorce libros que Alice Munro escribió para cagarme la vida y leo párrafos al azar hasta que las ganas de escribir se me vienen encima. Laura me pregunta si quiero otro café con leche y le digo que sí, siempre que sí, aunque sea el cuarto o quinto, aunque sea el décimo.

Quique nos mira fijo; es su forma de pedirnos que lo saquemos a bautizar árboles y postes de luz. Le toca a Laura. Mañana, mediodía y tarde ella se hace cargo de pasearlo, y yo a la noche, luego de cenar. Fue el trato que hicimos antes de adoptarlo. Se pone las botas de goma, la campera Columbia que sirve para ir de pícnic a la noche en Islandia, un gorro de lana y los tapaorejas, mientras Quique corre de una punta a la otra como si la cola se le hubiese prendido fuego y no encontrase dónde apagarla.

Me lavo los dientes entre cafés con leche, una costumbre que no tiene sentido pero no logro romper. La ventana del baño da a un restaurante de falafel, y a ciertas horas del día un olor fuerte a cebolla y ajo entra y se queda un rato largo aunque abramos las puertas y las sacudamos. Cuando llega la hora de cenar y el olor aún no se fue, comemos platos que tengan cebolla y ajo como ingredientes principales y luego dormimos dándonos la nuca.

Quique duerme mitad de la noche con el dorso pegado a mi pantorrilla derecha y mitad hecho una bolita tras las rodillas flexionadas de Laura. En invierno se agradece la bolsa peluda de agua caliente en las piernas, pero en verano es el peor de los castigos.

Me pego una ducha rápida, me visto junto a la estufa de tiro balanceado, le doy un beso a Laura, uno al perro (Quique odia que le den besos en la cara, pero se los seguimos dando, todos los días, pobre bicho) y salgo a la nieve y el quilombo del East Village.

JUAN

Si alguien me diese plata para una instalación, crearía un muñeco a escala de mí mismo lo más realista posible y lo colgaría con una sábana de la viga maestra de este cuarto y me escondería en el

86

baño a esperar que Agustina vuelva de donde sea que fue y se pegue el susto de su vida. Luego le echo la culpa a Maurizio Cattelan.

Nunca construí mis instalaciones. Tuve que contratar gente para que me construyera lo que fuese que necesitaba construir. Ellos eran los verdaderos artistas. Yo me quedaba en casa pensando conceptos, imaginando instalaciones, y luego conseguía plata y contrataba a los artistas para que construyeran mi arte. Miles de artistas que viven en la oscuridad, en el anonimato, por el simple hecho de que no pueden o no les interesa pensar conceptos.

No es mucho el tiempo que me lleva imaginar una instalación, y anotar en mi laptop cuál es el concepto detrás de esa instalación, y por qué esa instalación es necesaria y pertinente al mundo en el que vivimos. Un chorro de sanata que me sale con la mayor naturalidad, y que ensancho citando a filósofos y escritores y artistas que casi nunca leo, o leo a medias, hojeo cinco o seis páginas hasta encontrar un párrafo que de alguna manera se refiera indirectamente a la instalación que propongo construir, a su necesariedad y pertinencia. Eso suele ser suficiente para que me aprueben el proyecto y me entreguen el cheque.

PAULA

Tengo que admitir que no sentí euforia ni alivio ni alegría al tipear el punto final de la novela. Sentí que alguien que no podía ver me arrancaba el corazón, le daba un mordisco y volvía a ponerlo en su lugar.

Mientras tipeaba como una desaforada, comer se volvió algo innecesario. Entre párrafos masticaba una galletita con una chupada a la bombilla de mi abuela. Ella me ofrecía su mate y me preguntaba, ¿cómo venimos?, y yo le respondía, falta mucho. Siempre le decía, falta mucho, incluso cuando solo quedaba corregir los últimos dos párrafos.

Al terminarla, pasé cuatro días en el cuarto haciéndome la que trabajaba. Me costó digerir que esa cosa inmensa que había gobernado mi vida por años ya no me necesitaba, no era mía. Cuando pausé el *drum and bass* por última vez, me sacudió un llanto tan desagradable que tuve que asfixiarlo contra la almohada.

Mi abuela pelaba una manzana usando el único cuchillo con filo que nos queda.

La terminé, le dije.

¿En serio?, dijo.

Sí.

¿Puedo leer el final?

Claro.

¿Cuántas páginas?

¿El final?

No, la novela.

Doscientas siete.

La acortaste un montón.

Fui y vine por el living el tiempo que mi abuela pasó leyendo y puliendo las últimas páginas. La oí reírse un par de veces. La oí gritar ¡No! La oí barrer las basuritas. Salió del cuarto y me dio un abrazo. Luego llamó a mi abuelo y los tres nos abrazamos.

Mi abuela imprimió la novela entera, la dejó en la editorial y nos encerramos en casa a esperar, yendo y viniendo por el living, yendo y viniendo por el living, yendo y viniendo por el living, yendo y viniendo por el living, yendo y viniendo por el living…

MATTHEW

Cuando Billy no era más que una criatura me angustiaba verlo agarrar una escoba y ponerse a barrer. Vivía regalándole muñecos de GI Joe y Playmobils y autos de carrera que él elegía acomodar en los estantes de su cuarto y limpiar cada noche antes de dormir con un plumero que Celia le prestaba aunque yo le decía una y otra vez que basta con el plumero, que lo escondiera y que Billy aprendiera que los autos y muñecos se cubren de polvo y está bien que se cubran de polvo.

No sé qué haría si a Billy se le ocurriera ponerse tetas o, aún peor, sacarse el pene. Hay hombres que se sacan el pene para intentar ser mujeres y solo pensarlo me hiela la sangre. Cuando entro en páginas de travestis evito pasar el cursor por los videos que anuncian travestis postoperados ya que me deserotiza ver aunque sea de reojo esas vaginas improvisadas.

A veces en la cama a la noche imagino a un hombre adulto y grandote besando a Billy con tetas o poniéndose en cuatro para que Billy con tetas le entre por atrás con su diminuto pene o a Billy con tetas pidiendo que se la metan como Celia me pedía que se la metiese cuando empezamos a salir. La propia mente es una caja de sorpresas, al punto de que no estoy seguro de que mi mente sea siempre mi mente sino también la de otros que no sé quiénes son. Al principio luchaba por evitar que esos otros hicieran uso de mi mente pero ahora los dejo ser, dejo que mi mente me muestre lo que esos otros quieren mostrarme y los escucho y en algunas ocasiones les hago caso. Billy con vestidito de *cheerleader* y zapatitos de ballet pidiéndome que lo lleve a clases de ballet mientras le abanico las dos entradas en primera fila para las quinientas millas de Daytona que me salieron un ojo de la cara y le ruego que se saque el vestidito y los zapatitos y suba al auto, que tenemos varias horas de viaje.

AGUSTINA

Juan solía dejarme mensajes en un papelito sobre la almohada del tipo: *Sos lo único que me importa, lo dije, te lo dije, ahí va otra vez, sos lo único que me importa, el arte se puede morir como un viejo sin familia en el cuarto de un geriátrico, un cuarto al que hace rato le desconectaron la calefacción.* Aún conservo todos los papelitos que me fue dejando. Llevo un par en mi billetera, y cada dos por tres los saco y los leo o simplemente los miro sin leerlos, miro la letra apenas comprensible de Juan.

Leía uno de esos papelitos en la cocina mientras oía a Paula chupar el mate, cuando llamaron de la editorial Silbando Bajito. Atendí y pidieron hablar con Paula Solís. Me quitó el teléfono y me pidió que saliera y cerrara la puerta. La oí reírse de algo, o hacerse la que se reía. La esperé en la cocina con un mate parsimoniosamente cebado. Entró y, sin decir palabra, abrió la heladera, sacó el tetrabrik de jugo de naranja y tomó un trago largo.

¿Y?, le pregunté.

La quieren publicar, dijo.

¿En serio?

Dobló el pico del tetrabrik, lo metió en la heladera y dijo:

Es una editorial de mierda. Publican muy poco, y tienen una distribución muy limitada. Pero la quieren publicar.

Te felicito, le dije.

Agarró el mate y chupó la bombilla.

La quieren publicar, dijo, y salió de la cocina.

JUAN

No fue fácil abandonar la pintura y reinventarme como artista conceptual. Vivía en el monoambiente con Agustina, y mi carrera de pintor no despegaba, y había empezado a avergonzarme de tener que pedirle plata a mis abuelos o usar la poca que ella juntaba como modelo vivo.

Había decidido no trabajar para dedicarme de lleno a la pintura. Y sí me dedicaba de lleno, más de lleno de lo que nunca me dediqué a nada. Pero no pude vender muchos cuadros: lienzos apilados en la casa de mis abuelos y el departamento de Tribunales.

José me permitió llenar de lienzos su living a cambio de unos pesos que lo ayudaran a pagar el alquiler, ya que le costaba encontrar un reemplazo de Agustina. ¿Quién iba a querer vivir con un actor mediocre que se creía genial y se la pasaba organizando happenings y unipersonales? Ninguno de sus amigos le decía la verdad, que lo que acababan de ver era un espanto, o una versión espantosa de algo genial:

Un dolor de huevos tu unipersonal. La próxima vez avisame a qué hora y dónde va a ser, así me mantengo lejos, bien lejos. Pero gracias por invitarme igual.

Eso mismo intuía yo que mis amigos y familia sentían cuando los invitaba a mis exposiciones de pintura, como si les estuviese pidiendo un favor. Les *estaba* pidiendo un favor, pero intentaba no verlo de esa manera. Intentaba convencerme de que ir a una galería a mirar mis cuadros era algo interesante para hacer, una buena manera de terminar el día, y más aún si volvían a casa con uno de mis cuadros bajo el brazo. Pero casi ninguno volvía con uno de mis cuadros bajo el brazo. Y los que sí, lo hacían por lástima o beneficencia. Compraban el cuadro para ayudarme, porque no soportaban verme de pie en la galería con una copa de vino barato mirando a todos seguir de largo comentando en voz baja qué empanadas iban a pedir en el restaurante de la esquina a la salida, luego de saludarme y desearme lo mejor.

Me pregunto si esas pocas personas que compraron mis cuadros seguirán teniéndolos colgados en sus habitaciones. O si alguna vez los habrán colgado. O si los tuvieron colgados un tiempo pero no los soportaron y ahora los guardan en sus sótanos y bauleras.

Debería haber insistido con la pintura. El arte conceptual es una pérdida de tiempo. Una de esas actividades absurdas que me forzaba a ver como esencial, buscando sentirme una persona completa y no el pasajero al pedo de una vida al pedo. Y durante un tiempo me convencí. Pero ahora que el teléfono dejó de sonar puedo decirme, admitirme, que siempre fui un chanta, así como Duchamp fue un chanta excepto por su *Desnudo bajando una escalera* y su *Étant donnés*.

Eso le dije a Abel Figueroa la noche que fui a visitarlo a su estudio. Nos habíamos conocido en una de sus muestras en Fundación Proa. Me había hecho un nombre en el mundito del arte conceptual porteño y Abel era una suerte de padrino de nuevos artistas. Me lo presentaron en el cóctel tras la apertura de la muestra, y enseguida puso toda su atención en Agustina. La tomó de un brazo y la llevó de una punta a la otra de la fundación. Yo los seguía medio paso detrás, oyendo a Abel hacer gala de sus conocimientos de la historia del arte conceptual. Nos hablaba de Duchamp como si hubiese sido su primo hermano.

El total de la muestra era un amontonamiento de nada, excepto por la instalación *El cuarto de arena*: un espacio de cinco por cinco metros lleno hasta la mitad de arena, donde un actor de unos cuarenta años, vistiendo un traje barato y zapatos baratos, se la pasaba desenterrando a su familia muerta, su mujer, sus dos hijos, el perro, todos asfixiados bajo la arena. Una instalación viva que te ponía los pelos de punta.

¿Qué habrá pensado Abel Figueroa de mi éxito en Estados Unidos, de mi tapa en la revista *Bomb*? ¿Qué habrá pensado de mi show en LACMA, mi retrospectiva?

¿Cuántos artistas conceptuales argentinos fueron invitados a presentar una retrospectiva?

MATTHEW

Ralph parece haberse obsesionado con el travesti. Llega a la gomería y abre una lata y me la alcanza y abre otra y se la alcanza a Jake y abre otra y la vacía de un trago y abre otra y la huele como si fuese el whisky más añejo del mundo y nos cuenta lo que Carl le contó, que no suele ser mucho. El travesti y su pareja reservaron solamente dos noches en el motel. Aparentemente van camino a una cabaña al norte, cerca de un lago. Apenas salen del cuarto para ir al *deli* y volver.

Empieza a lloviznar y no nos movemos hasta que la garúa se vuelve lluvia intensa. Cargamos las sillas y la heladera portátil dentro de la gomería y nos sentamos entre las llantas y abro una lata y se la alcanzo a Jake y abro otra y se la alcanzo a Ralph y abro otra.

Imagino qué feliz me haría que Billy encontrase la manera de convertirse en piloto de NASCAR y cuánto miedo sentiría al mismo tiempo por que mi hijo ya no viviera en este refugio donde nada que no tenga que pasar pasa y la gente sabe a ciencia cierta qué va a pasar este mismo día dentro de nueve años.

Conecto mi teléfono a un parlantito Bose que le robamos a Pete McCartin cuando nos invitó a un asado en el jardín de su casa y se pasó la tarde regodeándose en el hecho de que su hija había entrado en Oberlin y conseguido una media beca. Neil Young se larga a cantar «Down by the River». Nos gusta escuchar a Neil cuando llueve. En especial los discos que grabó con Crazy Horse, una banda que suena a temporal a punto de tragarse el planeta.

Pienso en contarle a Jake que un latino se la viene metiendo a Celia, pero no digo nada y al rato me alegro de no haberle dicho nada. La música nos permite permanecer sentados mirando la lluvia, que a veces parece ir hacia arriba, sin sufrir la necesidad de decirnos cosas.

AGUSTINA

José insistía con que me mudase. Decía que vivir con Paula era de alguna manera no aceptar que Juan ya no estaba. Me pedía que me fuese a cualquier lado y empezara otra vez, que conociera a otro hombre que supiese mirarme de la manera que yo debía ser mirada.

Cuando José hablaba en serio daban ganas de reírse. Los pocos amigos que se le habían reído fueron arrancados de su vida e incinerados en uno de esos baldíos en los que de vez en cuando queman basura.

No pensaba mudarme. No pensaba viajar a ningún lado que no fuese Noha, New York: la gomería de los tres hijos de puta. Quería que Paula viniera conmigo, y mi deseo de que publicara su novela no era más que un último intento de salvarla de un destino que no le pertenecía. Una persona no debe vengar a otra por el simple hecho de que comparta su sangre.

La acompañé a la editorial Silbando Bajito. Nos metieron en una oficina y nos ofrecieron algo de tomar.

Gracias por mandarnos *El milagro*, dijo Gustavo Marín, el editor en jefe de la editorial.

Paula tenía los ojos clavados en una biblioteca con los pocos libros que habían publicado.

De nada, dije, y le puse una mano en el muslo.

Me miró con extrañeza, como si le hubiera dicho con el gesto de ponerle una mano en el muslo que había llegado la hora de desnudarnos y caminar hacia las llamas.

Antes que nada quiero recordarte, como te dije por teléfono, que nuestro presupuesto es muy limitado, le dijo Marín a Paula. Pero amamos los libros que publicamos, y los tratamos con el mayor respeto, y hacemos todo lo posible por moverlos.

Miré a Paula: silencio.

Es lo que más nos interesa, dije, que respeten el texto. Paula trabajó muchos años en *El milagro*.

Empecé a los diecinueve, dijo Paula.

Y también nos interesa que se mueva el libro, dije, porque si no, ¿para qué publicarlo?

Exacto, dijo Marín.

Tengo treinta y cinco, dijo Paula.

Nos hicieron una propuesta que según ellos era estándar en el mundo editorial, pero que sonaba a la mayor estafa literaria jamás llevada a cabo. El autor, la persona que escribe el libro, que trabaja durante años fundiéndose económicamente, aislándose socialmente, es el que cobra el porcentaje menor de cada copia vendida. Ni se les ocurrió ofrecernos un adelanto.

Paula firmó el contrato sin leerlo. Yo lo leí por ella, en casa, después de cenar, con la sensación de su muslo aún en mi mano, una sensación que aquella noche pensé que nunca se me iba a ir.

Tenés que buscarte un trabajo, le dije. No creo que *El milagro* te dé mucha plata. Pensá qué te gustaría hacer, algo que te deje tiempo para escribir. *Gustaría* no es la palabra, qué te *con-*

viene hacer. Algo que te permita llegar a casa con ganas de escribir.

Me miró de una manera que me dio a entender que había dejado de escucharme tras la palabra «trabajo».

JUAN

Cuando venga le voy a pedir que me haga quince horas de masajes de pies y manos. Me gusta que me apriete la piel blanda o no tan blanda entre el pulgar y…

… pasos. Otra vez los pasos. Apurados. No tan apurados.

VERÓNICA

Al mediodía nos damos por vencidas y las invito a clavarnos esas sopas japonesas con fideos, vegetales, huevo y un pedazo de cerdo flotando. Apenas siento el golpe de calefacción me suena el celular y, como dice número desconocido, atiendo a la vieja usanza, con un simple hola. Una voz norteamericana me pregunta si estoy dispuesta a atender una llamada de la Ulster County Jail. Le digo que no, que debe ser número equivocado. Corto y me apuro a quitarme la campera porque la espalda ya me empezó a transpirar.

Como venimos de tres horas de tirarnos ideas a la cara, no sabemos de qué hablar. Entonces les cuento que la llamada que acabo de recibir fue de una prisión.

¿Qué prisión?, dice Helen.

Ulster County Jail.

No la conozco, dice Thelma.

Debe haber sido un error, dice Mia.

Almorzamos enumerando los problemas de guion en la serie *Bloodline*. Luego compramos cuatro *red velvet cupcakes* y los devoramos de vuelta al *writers room* discutiendo la obra de David Foster Wallace.

Lo que vuelve a Wallace fascinante es que parecía estar atrapado en una situación imposible, dice Helen. Quería ser Dostoievski y al mismo tiempo Gaddis. Quería ser amado y al mismo tiempo odiado como ningún escritor fue odiado jamás.

Todo escritor serio quiere ser amado y al mismo tiempo odiado como ningún escritor fue odiado jamás, digo.

Wallace escribió una obra autobiográfica mucho más real que las autobiografías publicadas como autobiografías, dice Thelma. Gran parte de su obra es una máscara deforme que, si uno la lee detenidamente, te permite ver la cara del otro lado.

La única manera de ser honesto es escribiendo ficción, digo. Las memorias deberían llamarse «novelas» y las novelas «memorias».

Mia no leyó a Wallace porque le contaron que era un misógino intolerable. Mia es una de esas personas que piensa que la moral y el arte van de la mano, que no puede existir una sin la otra, que un perverso hijo de puta no es capaz de escribir una gran obra.

Nos encerramos en el cuarto de seis mil dólares mensuales, rodeadas por fragmentos de episodios que aún nos faltan escribir, y nos dedicamos a decir pavadas del estilo de, lo único bueno que hizo J.D. Salinger fue matar a John Lennon, ¿dónde anda Hugh Grant? Acabo de ver una foto de él y me di cuenta de que aún está vivo, la cabeza de Gwyneth Paltrow en una caja es un lindo regalo de Navidad, hasta que hacemos la digestión y nos ponemos a trabajar.

Matthew

El sol baja lentamente y me aburro de estar sentado en la silla de playa tomando cerveza y esperando por un cliente que no va a llegar y que no quiero que llegue aunque mi vida y la de Celia y la de Billy dependen de que llegue. Le digo a Jake que voy a dar una vuelta y me pregunta adónde pero no le contesto y camino hasta casa deseando con el alma encontrar al latino metiéndosela a mi mujer.

Celia riega las plantas del jardín que no sé para qué mantenemos ya que ni ella ni Billy ni yo lo usamos para otra cosa que no sea hacer pis cuando nos morimos de ganas de hacer pis y el baño está ocupado. Me acerco por detrás intentando que mis pasos no se oigan y la tomo de la cintura y gira con miedo y sonríe y me dice que estaba pensando en arrancar todas las plantas del jardín y dejar que el pasto crezca y muera por sí solo y le digo que yo hace tiempo pienso lo mismo pero no le había dicho nada porque suponía que ella disfrutaba de regar las plantas y el pasto. Nos reímos y luego ella se pone seria y me pide perdón y llora y las convulsiones parecen querer atragantarla y la agarro de los codos y la abrazo y ella se deja abrazar. Me dice que sabe de los videos y le pregunto de qué videos y me dice de los de transexuales. Le pregunto que cómo lo sabe y me dice que soy tan idiota que uso su laptop y me olvido de borrar el historial y cada vez que ella tipea la letra «T» para entrar en el website de Target le aparecen varios websites de transexuales.

Ahora soy yo el que le pide perdón aunque no sé del todo por qué tengo que pedirle perdón si no hice nada más que mirar fotos y videos y masturbarme de la misma manera en la que me masturbaba antes pensando en alguna de las amigas de Celia o en alguna de las maestras de Billy o en mujeres que inventaba en mi mente construidas de partes de distintas mujeres que nunca eran Celia. Ella me dice que está bien, que me perdona, y esas palabras me llenan de arrepentimiento; es decir, me arrepiento de haberle pedido perdón. La mente se me infesta de expresiones que me esfuerzo por no soltar hasta que me obligo a dejar de imaginar semejantes expresiones porque me doy cuenta de que ya no tienen que ver con su infidelidad.

AGUSTINA

Viajé a Corrientes y me instalé en el hotel La Alondra, dispuesta a pasar la mayor parte del tiempo flotando en la pileta, devorando desayunos continentales.

Una noche cené con mis viejos en la casa que había sido mi casa y la de Agustín. Una foto de mi abuela que habían colgado junto a la puerta de la cocina me anudó la garganta. Papá me miraba cortar los ravioles en pedazos minúsculos mientras se metía las planchas de pasta rellenas de espinaca enteras en la boca y tragaba casi sin masticar. Mamá me miraba, y sonreía, y miraba a papá, y sonreía, y tanto papá como yo esperábamos que dijese algo pero se quedaba callada.

Los vecinos seguían siendo los mismos, tanto los de la casa de la derecha como los de la izquierda como los de enfrente.

¿Cómo anda el kiosco?, les pregunté.

Como el culo, dijo papá. Estamos pensando en cerrar.

¿Y qué van a hacer si cierran?

Empanadas a domicilio. La semana pasada vino Raúl con su mujer, y tu mamá preparó empanadas de carne, pollo y humita, y se pasaron la cena hablando de cuánto les gustaban, así que pensamos que…

¿Alguien quiere más ravioles?, dijo mamá.

No gracias, dije.

Papá le alcanzó el plato y mamá le sirvió los ravioles que quedaban en la fuente. Me invitaron a dormir en mi antigua habitación, ahora cuarto de visitas, pero les dije que no.

Me voy al hotel, dije. Estoy pagando una fortuna, mejor lo uso.

Papá se ofreció a llevarme.

Son treinta kilómetros, le dije.

No hay problema, dijo. Me gusta manejar.

¿Estás seguro? Me pido un remise.

Va a tardar un año en llegar, dijo mamá.

Nos subimos al auto y me puse el cinturón de seguridad. Papá no usaba cinturón, tenía una hebilla suelta que clavaba en el enganche para que el «bip bip bip» dejara de sonar. Intenté imaginar qué tipo de dolor me provocaría el fallecimiento de papá, o de mamá, y me sentí una pelotuda porque nadie es capaz de imaginar semejante cosa. Presentí que la palabra correcta no era «dolor».

Papá manejaba con la misma tranquilidad fingida con la que se tiraba a ver televisión. Juan odiaba manejar. Decía que era la única manera en la que una persona decente, una persona que no es un loco o borracho o asesino, podía terminar en la cárcel. La ruta estaba pobremente iluminada. Las pocas luces pertenecían a otros autos que pasaban de forma esporádica, o a construcciones donde aún vivía alguien capaz de pagar la cuenta de electricidad, o a algún farol desganado.

Papá me dijo que hacía unos meses le había pedido a mamá mi mail, pero que aunque se había sentado frente a la computadora no había sabido qué escribirme. Hola, pensé en decirle. Hubiera bastado con un simple hola.

¿Por qué no vinieron al entierro?, le pregunté.

No queríamos molestar.

Había aprendido a no discutir con papá. Tantos años de práctica me convirtieron en una experta en no discutir. Aunque la discusión era la única manera en la que él sabía conversar.

Me parece que me voy a quedar en lo de Raúl, dijo. No sé si me da para ir y volver.

Si querés te saco un cuarto en el hotel, dije. Mañana desayunamos, y podés nadar un rato.

No gastes guita al pedo.

No es problema. Tengo plata suficiente.

¿Suficiente para qué? Aún sos joven, Agus. Te queda mucho por vivir.

El diminutivo «Agus» le permitía seguir llamándome Agustín.

¿Qué pensás hacer?, me preguntó.

¿Con qué?

Tu vida.

¿Desde cuándo te importa lo que hago con mi vida?

No sabés nada de nosotros, dijo. No sabés lo difícil que fue. Nunca nos preguntaste cómo estábamos. Te obstinaste con tu capricho y fue en lo único que te fijaste, lo único que era importante para vos: tu capricho. Por eso te dejamos sola. No queríamos molestar. Sabíamos que no querías que te molestáramos. Armaste tu vida con Juan, y nos puso contentos eso. Pero al mismo tiempo entendimos que ya no significábamos nada en esa vida, en tu vida.

No es un capricho, le dije.

No, ahora me doy cuenta de que no. Pero fue difícil. Cuando salías en el diario con Juan, en la presentación de una de sus exposiciones o como se llamen, nos alegraba. Te juro que nos alegraba. Pero al mismo tiempo nos sentíamos mirados. Todos nos miraban, y se reían, y la verdad es que no teníamos nada para decirles. Nunca supimos qué decir.

Es nuestra hija, pensé, y estamos orgullosos.

Acá dieron por sentado que fue un intento de robo, dijo. Que Juan no quiso entregarles la plata y lo mataron. Raúl se pasó un almuerzo entero explicando que nunca hay que negarles la plata, que hay que darles todo, que...

No fue un intento de robo, le dije. Me siguieron. Yo había salido un rato. No vi que me siguieran. Es difícil verlos, son como montoncitos de basura. Montoncitos de basura que caminan y hablan y toman cerveza barata.

Papá quería girar, clavarme los ojos y gritarme ¡es todo culpa de tus tetas! No, le hubiera dicho, es todo culpa de mi angustia. Una angustia que no pude quitarme de encima ni en los momentos de mayor felicidad. Una angustia que me llena de pelos la lengua y me impide poner el alma en lo que sea que quiera hacer.

Estacionó a diez metros de la entrada del hotel y apagó el motor.

¿Estás seguro de que no querés quedarte?, le pregunté.

Sí. Gracias.

Me apuré a agarrar mis cosas y bajar del auto, pero papá se aferró de mi muñeca izquierda y con un tironcito me pidió que me sentara. Me senté, y cerré la puerta.

¿Te puedo hacer una pregunta?, dijo.

Claro.

¿Te lo sacaste?

¿Qué cosa?

Me puso una mano en la rodilla y la acercó a la entrepierna.

Decime que no te lo sacaste, dijo.

En ese momento me di cuenta de que papá no era papá, de que nunca lo había sido. Entendí que no era más que un simple hombre que había nacido hombre, un hombre que había depositado su semen en mamá y había ayudado a traerme al mundo, pero que no tenía nada que ver conmigo.

VERÓNICA

Me meto en la cama a la una de la mañana en punto (la alarma del celular me avisa de que tengo que meterme en la cama) y espero en la oscuridad del cuarto, con Quique contra mi pantorrilla derecha, que Laura termine de aplicarse las cremas que se aplica todas las noches antes de dormir y venga a acostarse. Como tarda más de lo normal, googleo Ulster County Jail: una prisión en Noha, New York. Laura se mete en la cama, y con ella los aromas de las distintas cremas. Quique se queja de algo que nunca sabemos qué es.

Hoy me llamaron de una prisión, le digo al techo.

¿Qué?, dice Laura.

Me llamaron de la Ulster County Jail. Me preguntaron si quería aceptar una llamada de la Ulster County Jail. Les dije que no.

Número equivocado.

Queda en Noha. En el estado de New York.

Mis ojos ya se acostumbraron a la oscuridad y me permiten ver a Laura que gira para mirarme con pánico.

Juan, dice.

¿Quién?

Solís, el marido de Agustina. Ahí fue donde lo encontraron muerto. En Noha.

¿Cuánto pasó de eso?

Tendrías que haber atendido.

¿No te llamaron a vos?

No. Pero yo cambié mi número hace cinco meses. Y con Agustina nos distanciamos. Hace mucho que no me escribe, desde que le mandé un mail dándole nuestras condolencias.

Odio que Quique se chupe las patas en la cama porque al mismo tiempo chupa el cubrecolchón y lo deja húmedo de saliva. Hay pocas cosas más desagradables que meterse en una cama en busca de comodidad y calor y sentir con alguna parte del cuerpo un charco de saliva fresca.

Siglos que no pienso en Juan. Nos conocimos en un evento en el consulado argentino para argentinos de éxito que viven en New York: empanadas y vino tinto barato. Agustina y Laura eran lo único interesante de una velada innecesaria, un evento que no ayudó a nadie a conseguir nada. No tuvieron más remedio que conocerse. No tardaron en hacerse amigas.

A la semana siguiente fuimos a cenar a Miss Lily's, un restaurante jamaiquino creado y manejado por dos hermanos de Kosovo, en la esquina de la Siete y la avenida A. Juan acababa de presentar una instalación en una galería de Chicago y la recepción había sido como mucho tibia. Nos contó que estaba preocupado, y que su agente estaba preocupado, y para torcer el tema le comenté que no sabía que los artistas conceptuales tuvieran agente.

Todos en Estados Unidos tienen agente, dijo.

Laura y Agustina charlaban de la dificultad de trabajar de actriz en una ciudad que intenta convencerse de que cualquier ser humano es lo mismo y debe tener los mismos derechos, pero que en el fondo sigue siendo conservadora y poco paciente con el inglés mal hablado. Juan me preguntó por qué no les escribía un guion a estas dos para que se dejaran de romper las pelotas.

El día que salga de este pantano voy a estar de tan buen humor que les escribo lo que quieran, dije.

Y gratis, dijo Juan. Supongo que te deben pagar bien por la serie.

Muy bien. Pero entre mi manager, agente y abogado se quedan el veinticinco por ciento de mi sueldo, y luego el IRS se lleva un treinta por ciento del resto. Así que lo más probable es que les cobre el doble por ese guion que están esperando que escriba.

AGUSTINA

Nos pasamos una semana leyendo y releyendo galeradas. Paula no había dejado mucho espacio para corregir luego de quince años escribiendo y puliendo un texto de doscientas siete páginas que, según ella, en un momento había sido de casi quinientas. La editorial respetó nuestro pedido de que usaran letra grande con bastante margen: *El milagro* iba a ser un libro de trescientas diecinueve páginas.

Paula volvió a su *drum and bass* mientras revisaba las galeradas. Horas leyéndolas, y luego venía a la cocina y le preguntaba: ¿y?, y me respondía: saqué una coma.

Gustavo Marín nos invitó a desayunar y, luego de varios vasos de plástico con café con leche en los que mojamos una docena de medialunas, nos contó que estaban tan contentos con *El milagro* que habían decidido publicarla antes, en marzo, abrir la colección del año siguiente con la obra maestra de Paula Solís.

Volvimos a casa en silencio, y cerramos la puerta, e intentamos sacudirnos el pánico. Todos los cuartos hedían a vegetales hervidos. Paula miró mi pánico con su pánico, los labios temblándole, y dijo:

Cometimos un error. No falta nada para marzo.

Cebó un mate y no esperó que la yerba se amalgamara con el agua, chupó la bombilla enseguida.

El libro no está listo, dijo. Saqué demasiado. Terminé sacando demasiado.

Es normal que sientas eso ahora, le dije.

Más de cuatrocientas páginas, dijo. La versión original tenía más de cuatrocientas páginas. Las fui sacando párrafo a párrafo, enfocándome en lo esencial. Pero no estoy segura de que sea lo esencial. Había mucho bueno en esas casi quinientas páginas. Mucho mucho bueno. Un desierto de párrafos que cuando los escribí pensé que eran esenciales. ¿Quién soy para juzgar a la que escribió esos párrafos?

En un año publicás la parte dos, le dije.

No hay parte dos. No hay parte uno tampoco. Les voy a mandar la novela entera, las más de cuatrocientas páginas.

Hacé lo que quieras, le dije. Me vuelvo a Estados Unidos.

¿A qué?

No le contesté.

Quiero ir con vos, dijo.

No. No pienso arrastrarte conmigo. Quedate. Juan estaría orgulloso de que terminaste el libro, y de que te lo vayan a publicar.

No lo terminé, dijo, lo mutilé.

Verónica

Thelma, Helen y Mia me miran esperando que les dé una respuesta que no tengo. Cuando nos estancamos en la acción o conflicto de una escena, el silencio se va solidificando hasta que no nos queda otra opción más que salir a la cocina comunitaria en busca de un té o café que no tenemos ganas de tomar.

Me meto en el baño a hacer un pis que no tengo ganas de hacer y, mientras espero que al menos me salgan unas gotas, googleo las últimas noticias de Noha, New York. La primera cuenta que el equipo de fútbol de Noha, el Hillside FC, buscará romper la racha de tres derrotas consecutivas cuando enfrente este domingo a los Seacoast Mariners. La segunda recomienda lugares para comer en el Noha Valley, con especial hincapié en el Morris Wine Bar. La tercera habla del incendio de una gomería. Habla de tres cuerpos. Habla de un sospechoso, pero no lo nombra, solo dice que, según información que consiguió el periodista *off the record*, sería extranjero.

Me llega un nuevo mail de la Academia de Hollywood recordándome que tengo que pagar los cuatrocientos cincuenta dólares anuales, y que si no lo hago no voy a poder votar para los Oscar. Me molesta tener que pagar para votar por películas que no veo. Siempre que llega el mail le digo a Laura que este año no voy a pagar, que se metan la votación en el culo, pero ella no tarda en convencerme de que lo mejor es pagar y quedar bien con la Academia y tratar de ver la mayor cantidad de películas posibles.

El año pasado me invitaron a presentar el premio a mejor guion original con Quique (nuestro perro se volvió una celebridad menor luego de ser nombrado dos veces en la misma ceremonia del Oscar: una por mí, en mi breve *speech* de agradecimiento, y otra por el *host*, el comediante Bill Burr), pero durante el ensayo en el Dolby Theater soltó tres soretes en el escenario y la invitación se pospuso.

AGUSTINA

Algunas noches me despertaba convencida de que tenía que apurarme, completamente segura de que los tres hijos de puta se iban a mudar, iban a desaparecer, que iba a ser imposible encontrarlos. Pero apurarme no era tan simple. Tenía que sacar la visa de turista, y me daba pánico empezar con el trámite porque ya no contaba con Juan para justificar mi presencia en Estados Unidos. Ya no era la mujer de Juan sino la viuda de Juan, y no existen visas para viudas de artistas muertos.

Una compañera del Stella Adler me mandó una obra de un autor norteamericano, una obra que ella había leído para el autor un par de veces pero que al final no se había producido, y me dijo que si me animaba a adaptarla, a convertir a la protagonista mujer en mujer que había nacido hombre, podía terminar siendo una de esas obras que yo tantas veces le había dicho que me moría por actuar: las revolucionarias; revolucionarias por convencionales; una historia simple, la relación entre un padre y una hija; en mi versión una hija que había nacido hijo. Le mandé un mail al autor preguntándole si me daba permiso para usarla y manosearla con la mayor falta de respeto, y no tardó en responderme que sí, que hiciera lo que quisiese con su obra, que la había escrito hacía más de diez años y ya ni pensaba en ella. Supongo que no dudó en aceptar porque mi intención era producir la obra en Buenos Aires, y para un autor norteamericano una obra producida en Buenos Aires es una obra que sigue aún sin producirse.

Entendí que producir la obra (es decir, escribir la adaptación, buscar un director, buscar a los actores, ensayarla, presentarla en un teatro durante varias semanas) no era más que posponer el viaje a Noha.

MATTHEW

Camino a la gomería veo al travesti acostado en un banco del parque Frost durmiendo o descansando aunque por la forma en la que el banco soporta su cuerpo diría que durmiendo. Me acerco y la miro un rato y luego continúo hacia la gomería.

AGUSTINA

Paula entró a la cocina, prendió la licuadora y permaneció quieta viendo cómo las cuchillas giraban.

¿Qué pasa?, le pregunté.

Apagó la licuadora, la volvió a prender, la apagó, la volvió a prender, la apagó y dijo:

Me mandaron la novela corregida.

¿Corregida por quién?

Un corrector de estilo.

¿Y?

Uso siempre el número seis.

¿Qué?

El seis. Todo es seis. Sonia come seis medialunas, vive en el piso seis, camina seis cuadras, fuma seis cigarrillos.

Pensé que era a propósito, le dije.

¿Vos también te habías dado cuenta?, dijo.

MATTHEW

Abro una lata y se la alcanzo a Jake y abro otra y tomo un trago y se la alcanzo a Ralph y abro otra y la vacío y les cuento que acabo de ver al travesti durmiendo en el banco del parque Frost. Ralph me pregunta adónde aunque se lo acabo de decir y luego se pone de pie y lanza la lata al jardín de la vieja Almeida.

Avanza por Jameson en dirección al parque y Jake y yo lo seguimos.

¿Qué vas a hacer?, dice Jake y Ralph patea una piedra que por poco no rompe la ventana del cuarto de Mark y Susie Collins.

Llegamos al parque y descubrimos que el travesti sigue durmiendo en el banco y siento que a los tres nos molesta que un visitante se pase la tarde entera durmiendo en uno de nuestros bancos. Ralph se le acerca y lo examina desde una distancia prudente. El travesti no se despierta o no siente la presencia. Ralph nos pide que nos acerquemos y nos acercamos.

Es una mujer, dice Jake. Una mujer cualquiera.

No, digo.

De algún lado viene un aroma a tarta de arándanos recién sacada del horno y ese olor que debería ser el del cielo intenta convencernos de volver a casa. Ralph nos agarra de los codos y nos lleva al sendero que desemboca en Jameson y nos pregunta si nos acordamos de Rosa Guzmán. Claro que nos acordamos y le preguntamos qué pretende conseguir al preguntarnos si nos acordamos de Rosa Guzmán y nos mira de una manera que tanto Jake como yo sabemos lo que significa.

El travesti se mueve apenas y nos escondemos tras un árbol y lo vemos sentarse y quitarse el sombrero y me doy cuenta de que tiene un rostro hermoso, ligeramente masculino pero hermoso, y lo oímos decir algo en lo que supongo que es español y se pone de pie y empieza a caminar.

Ralph lo sigue y le preguntamos otra vez qué hace pero no nos contesta y entonces seguimos a Ralph, que sigue al travesti. No hay nadie en la calle porque la gente de Noha vive trabajando o en sus casas y solo usan las calles para ir del trabajo a sus casas y viceversa, y los pocos que caminan son almas perdidas o granjeros latinos que aún no pudieron comprarse un auto o nosotros tres, que tenemos la suerte de vivir cerca de la gomería.

Llegamos al motel y Ralph enfila hacia la oficina de Carl y con Jake pensamos que va a saludar a Carl y decirle que vimos al travesti en el parque y nos va a invitar unas cervezas y contar chismes sobre los visitantes. Pero Ralph se asoma por la puerta de la oficina y nos mira y sonríe y viene hacia nosotros y nos dice que Carl está dormido y también que si tenemos hambre se durmió antes de terminar una pizza de *pepperoni* Papa John's que ya debe estar fría pero que es mucho más rica fría.

Jake le pregunta otra vez qué piensa hacer y Ralph otra vez no le contesta y a Jake no le gusta que Ralph no le conteste y nos dice que se va a la gomería. Ralph le pide que por favor no sea un maricón y Jake me pregunta qué pienso hacer pero no le contesto y Ralph me mira con su sonrisa esperando que le demuestre de alguna manera qué es lo que pretendo hacer pero no se lo demuestro y enfila hacia el cuarto del travesti y lo sigo. Oigo a Jake dos pasos detrás de mí siguiéndome seguir a Ralph. Nos detenemos ante la puerta y nos miramos como preguntándonos si alguno sabe cuál es el próximo paso. Jake vuelve a decir que se va y Ralph le dice que por qué no nos hace el favor y se va y deja de molestar y Jake repite que se va pero no se va. Ralph golpea la puerta con una naturalidad que me la pone dura.

¿Quién es?, dice una voz masculina en un inglés de mentira.

Ralph nos hace una seña para que nos quedemos callados y nos quedamos callados. Me preocupa que Carl se despierte y nos vea o que se abra la puerta de alguno de los cuartos aunque Carl no suele tener muchos clientes. Imagino que una de las puertas se abre y se asoma Billy y nos mira hacer lo que estamos por hacer aunque no estoy completamente seguro de qué estamos por hacer.

Ralph vuelve a golpear la puerta y otra vez la voz masculina pregunta quién es en un inglés de mentira y Ralph le dice que somos Carl, que necesitamos preguntarles algo, y cuando la puerta se abre Ralph la empuja y se mete en el cuarto. Lo sigo y Jake me sigue y cierra la puerta y me acerco a la ventana y me aseguro de que la persiana está cerrada. Ralph se dirige al travesti aunque soy yo el que quiero dirigirme al travesti. El novio o amigo nos dice que podemos llevarnos lo que queramos y empieza a tirar las pocas cosas de valor sobre la cama y Ralph le dice:

Gracias pero no queremos llevarnos nada.

El novio o amigo no entiende y el travesti permanece acurrucado contra el rincón entre la mesita de luz y el ropero. Ralph me hace una seña para que lo ayude y empiezo a moverme hacia el travesti cuando el novio o amigo se me viene encima con una cara de loco que nunca hubiera imaginado existía en esa cara extranjera y lo empujo con estas manos y estos brazos que levantan llantas de autos con facilidad y sale volando y sacude la pared y cae al suelo.

Ralph se agacha y agarra al travesti del antebrazo e intenta levantarlo pero no puede y me pide que lo ayude. Me acerco con la intención de ayudarlo cuando Jake dice:

Fuck.

VERÓNICA

Al llegar a casa encuentro a Laura aburrida. Me dice que está con antojo de *chicken wings* y nos tomamos el subte hasta el bar Lansdowne Road. Veinte *medium hot wings* con extra *blue cheese*.

Luego de hablar un rato de un viaje a Puerto Rico que ella me insiste con hacer lo antes posible (escapar del frío, flotar en agua cálida y transparente, matarnos a comida frita), le pregunto qué recuerda del caso de Juan.

No mucho, dice.

La policía había dicho que a Juan lo mataron en un intento de robo, ¿no?

Sí, pero Agus insistía en que no. Me dijo que la siguieron. Que quisieron abusar de ella, y que Juan no hizo más que defenderla.

¿Le creés?

¿Por qué no voy a creerle?

Nunca atraparon a los culpables.

No.

Raro. Si ella los había visto…

Me dice que se quedó con hambre y pedimos un *pulled pork sandwich* para compartir y bastones de mozzarella. Después, en el subte a casa, se queja de que está gorda, de que en este frío es imposible hacer dieta, y que por eso quiere saber si vamos a ir a Puerto Rico, y cuándo, porque una semana antes piensa no comer nada, así está flaca para esas fotos que publica en Instagram y son su segunda vida.

Dudo de que en el futuro cercano vaya a poder ir de viaje, le digo. Venimos atrasadas con la serie. Cuando terminemos de escribir la primera temporada nos tomamos unas vacaciones largas.

No le gusta escuchar eso porque sabe que con suerte vamos a terminar de escribir la primera temporada a finales de primavera, y ella lo que quiere es escapar de este invierno intolerable.

¿Le mandaste un mail a Agustina?, le pregunto.

Sí. Ayer. Pero aún no contestó.

¿Cuándo fue la última vez que te escribió?

Hace mucho. Cuando llegó a Buenos Aires, luego del entierro de Juan. Yo le había escrito disculpándome por no haber podido ir, y ella me contestó rogándome que no me preocupara.

¿No volviste a escribirle?

No. Hasta ayer.

¿Por qué?

No sé. Varias veces pensé en escribirle, y abrí mi Gmail con la intención de escribirle, pero al final no.

¿Se puede llamar a prisiones y pedir hablar con un preso?

No creo.

MATTHEW

Encuentro a Celia cocinando algo en una olla. Gira para saludarme y sonríe y luego se pone extrañamente seria y me dice que salió a comprar *pork chops* porque de repente le entró un antojo tremendo de *pork chops* y pasó por la gomería y se sorprendió al ver que no había nadie pero estaba abierta.

Nos quedamos sin cerveza, le digo, y me mira como si lo que acabo de decirle no tuviese sentido.

Le doy un beso en la frente y uno en el ojo derecho y me encierro en el baño y abro la ducha. Siento el agua caliente casi hirviendo en la cabeza y los hombros y la espalda y los brazos y me doy cuenta de que aunque soy consciente de que el agua casi hierve no quema.

AGUSTINA

La gente visita tumbas como si visitara personas, y por culpa de esos dementes los cementerios siguen existiendo. Parques desperdiciados donde podrían construirse enormes espacios culturales donde podrían exponerse las enormes instalaciones de Juan que nos permitían vivir en New York disfrutando de lujos que nunca más en lo que me quede de vida voy a disfrutar.

Antes de volver de Corrientes, pasé por el cementerio a visitar a mi abuela. Le conté a la tumba lo que pensaba hacer, y se mantuvo en silencio. Tomé ese silencio como beneplácito.

VERÓNICA

Laura lee todo lo que escribo y hasta que no lo aprueba no lo doy por terminado. Sabe lo que le gusta y se obstina en defenderlo. Sabe lo que le gusta más de lo que yo sé lo que me gusta a mí.

Detesto a la gente que me insistió con que aceptara escribir la serie: es una gran oportunidad, en las series los escritores son los que llevan el proyecto adelante, la gente ya solo mira series, las salas de cine no van a tardar en… En realidad me detesto por haberles hecho caso, cuando todo en mí gritaba que por favor no. Pero a Laura le divertía vivir unos años en New York. Que me contrataran para escribir una serie en Estados Unidos era más atractivo para ella que para mí. Supongo que fue ella la que aceptó, y no me quedó otra opción más que seguirle la corriente.

Eso es en definitiva amar a alguien. El esfuerzo que hago todas las mañanas para ir al *writers room* es amar a alguien. La imposibilidad de percibir si los episodios ya escritos valen la pena, el acto de vivir con esa imposibilidad y seguir adelante, es amar a alguien.

El único momento en el que disfruto de unas horas de euforia es cuando terminamos un episodio. No, cuando mandamos un episodio terminado al *network* y nos responden que les gustó, que no tienen muchas notas. Igualmente la euforia no dura más de un día. Luego tengo que despertarme, desayunar, volver al *writers room* chapoteando y arrancar con el episodio siguiente. Un episodio que al principio parece imposible de ser escrito porque empezar cada episodio es como empezar la *Divina comedia* de cero.

AGUSTINA

Fui a ver varias obras del Off, la mayoría en teatritos de mala muerte. Paula estuvo a punto de acompañarme dos o tres veces, pero se arrepintió al poner un pie en la vereda.

La calidad de las obras me levantó el ánimo, y me senté a trabajar en la adaptación: un libreto de noventa y cinco páginas dividido en tres actos que sucedía enteramente en una casa de clase media/baja en uno de esos barrios en las afueras de New York. No me costó trasladar el personaje de Sylvie, la hija, una mujer de casi cuarenta años que había nacido mujer, al de Silvia, la hija, una mujer de casi cuarenta años que había nacido hombre. Me resultó divertido traducir los diálogos, y adaptarlos al porteño.

Paula me encontraba trabajando en la cocina y me preguntaba qué hacía, y yo le contaba que estaba adaptando una obra de teatro, y al día siguiente volvía a encontrarme trabajando en la cocina y me volvía a preguntar qué hacía.

Me llevó tres semanas tener un primer borrador. Le pedí a Paula que lo leyera, y me dijo que sí, que sin duda lo iba a leer, que quería ayudarme, pero pasó una semana y el borrador no se movió de la mesada de la cocina, donde se lo había dejado, entre la tostadora y la pared.

Me molestó darme cuenta mientras traducía (luego de haberla leído tres veces en inglés) de que el mejor papel de la obra fuese el del padre. Aunque la protagonista era la hija, el papel del padre era mucho más interesante, complejo, uno de esos papeles que cualquier actor se muere por interpretar. Pensé en cortarme el pelo y dejarme la poca barba que me crece luego de más de mil sesiones de depilación definitiva e interpretar al padre; amordazarme las tetas con una venda.

Paula se comportaba como si la próxima publicación de la novela fuese un castigo atroz. Me dijo que Gustavo Marín la había llamado para informarle que iban a hacer un cóctel de presentación del libro en la editorial. Algo simple: vino tinto y sándwiches de miga.

Me van a pedir que hable, dijo. Me van a pedir que diga unas palabras sobre la novela, sobre mi vida, sobre la literatura.

Escribite algo, le dije. Yo te ayudo. Lo pensamos bien, y después lo leés. Son muchos los que leen.

¿Juan leía?

No, pero Juan siempre decía algo distinto. Incluso distinto de lo que había escrito cuando le presentó la instalación al curador. Incluso distinto de lo que les había contado el día anterior a los periodistas.

Leí la obra, dijo.

¿Cuándo?

Ayer a la noche.

¿Y?

Me gustó.

¿En serio?

Sí. Aunque creo que tendrías que reescribirla. Tendrías que olvidarte de la obra original. Reescribir la obra original olvidándote de la obra original. No puede ser una adaptación, tiene que ser tuya. Hacela tuya.

No soy escritora, le dije.

Mejor, dijo.

Me pasé varias horas sentada frente a la laptop esperando encontrar la forma de reescribirla, o al menos la primera oración de una posible reescritura. Pero no encontré la forma ni la oración. No la hice mía.

MATTHEW

Randy viene unos minutos antes de que nos sentemos a cenar y pregunta dónde está Billy y le digo que encerrado en su cuarto frente al juego de NASCAR. Se recuesta contra la mesada de la cocina y acepta el vaso de agua que le ofrece Celia pero yo le alcanzo una cerveza y deja el vaso de agua en la pileta. Nos cuenta que un hombre murió en el motel de Carl y que la esposa del hombre les dijo que los tres empleados de la gomería eran los culpables.

Somos dueños, le digo.

¿Qué?

Dueños. No empleados.

Claro, dice Randy y vacía la cerveza y abre la heladera y destapa otra y toma un trago largo y me pregunta si sé algo al respecto.

No.

¿Dónde estuviste a la tarde?

En la gomería.

¿Toda la tarde?

Sí.

¿Hay alguien que pueda corroborarlo?

Jake y Ralph.

Ellos no cuentan, Matt.

Celia apaga el horno y dice que ella puede corroborarlo, que salió a comprar *pork chops* y nos vio en la gomería y al volver se detuvo a saludarnos y se quedó un rato con nosotros. Randy la mira pero no dice nada y ella le pregunta si quiere cenar, que hay *pork chops* para un regimiento, y Randy dice que gracias pero aún le queda mucho por hacer. Se dirige a la puerta que da al porche y gira y me mira con unos ojos que saben pero que no tienen ganas de hacer nada con eso que saben y me dice que la esposa del hombre muerto es uno de esos travestis que parecen mujeres pero tienen manzanas de Adán y pene aunque no puede decir con certeza que este tenga pene.

Celia me mira y la odio por mirarme de esa manera tan poco sutil. Randy nota la mirada de Celia pero tampoco quiere hacer nada con esa mirada y nos dice, buen provecho, y sale.

VERÓNICA

Camino al cadalso, me convenzo de que necesito un *chai latte* con leche de soja. Me meto en un Starbucks y pierdo cuarenta minutos leyendo *Deadline*, *Variety* y *Hollywood Reporter* en mi celular.

Me aterra enfrentar la pared cubierta de notas: fichas blancas con palabras abstractas que te ponen de rodillas y te dan con furia en la espalda con un cinturón. Pero voy a hacerlo. Voy a terminar mi *chai latte* y enfrentar la pared y soportar los cinturonazos con la mejor actitud.

Arrojo el vaso de cartón en el tacho de basura reciclable y pongo un pie en la vereda helada, cuando me suena el teléfono. Tardo en pellizcarlo de las profundidades del bolsillo de mi campera porque antes tengo que sacarme los guantes de esquí. Número desconocido. Atiendo, y la misma voz norteamericana me pregunta si estoy dispuesta a atender una llamada de la Ulster County Jail.

Sí, digo.

Alguien del otro lado de la línea golpea la pata de una mesa de metal con el palo de una escoba.

¿Hola?, dice una mujer.

Hola, digo. ¿Quién es?

¿Verónica?

Sí.

Soy Paula.

¿Quién?

Paula Solís, la hermana de Juan. Juan Solís.

Ah, Paula. ¿Cómo estás?

Bárbaro.

Como no la conozco en persona, imagino a Juan del otro lado de la línea riéndose de su propio sarcasmo.

Agustina me dio tu número, dice.

Hace bastante que no hablo con ella. Laura le mandó un mail ayer, pero…

No tengo mucho tiempo.

Sí, perdón.

Necesito tu ayuda.

OK.

¿Siguen en New York?

Sí.

¿Podrías venir a Noha? Queda a dos horas de Manhattan.

¿Cuándo?

Lo antes posible. Estoy en la Ulster County Jail. Sé que es mucho pedir, pero no tengo a quién llamar, y Agustina me dijo que podías darme una mano si algo salía mal.

¿Qué pasó?

¿Podrías venir?

Le cuento que estoy con mucho trabajo, que me contrataron para escribir una serie de televisión.

No tenés idea el quilombo que...

Entiendo, dice. ¿Podrías venir?

Silencio.

Lo antes que pueda voy, le digo.

Gracias.

No sabría confirmarte exactamente cuándo.

No hay problema, lo antes que puedas.

¿Cómo hago para comunicarme con vos?

Venite y pedí hablar conmigo.

OK.

Ah, una cosa más.

¿Qué?

Traete un abogado.

AGUSTINA

Mientras esperaba que me sacaran la foto y me tomaran las huellas digitales en la oficina de la embajada de Estados Unidos, las manos no me paraban de transpirar. Me las secaba contra la tela del pantalón, y a los pocos segundos las volvía a tener empapadas. Me aterraba que al notar mis dedos transpirados se dieran cuenta de que estaba nerviosa, y asumieran que estaba nerviosa porque ocultaba algo, algo que si ellos llegaban a conocer impediría mi entrada a su país. Sabía que ellos siempre asumen que la gente tiene algo que ocultar, y que iban a leer en mí que estaba ocultando algo.

Cada dos por tres verificaba que en aquella oficina amplia y opresiva no se percibiera ni un leve hedor a vegetales hervidos.

La gente a mi alrededor se comportaba con la mayor tranquilidad, como si fuesen las personas más inocentes del mundo y en sus caras no se leyera otra cosa que esa inocencia.

No pasó nada. Me tomaron las huellas, me sacaron la foto, y me preguntaron la razón del viaje. Les dije que iba a ver obras de teatro, que era actriz y productora y quería ir a Broadway a ver las últimas producciones. Me creyeron. No estaba mintiendo. Cuando me senté frente a la mujer, me dije que realmente *soy* una actriz y productora de teatro, que en este preciso momento *estoy* tratando de producir una obra en la que pienso actuar, y también me dije que lo más probable era que antes de viajar a Noha me viera un par de obras en Broadway, si es que encontraba alguna que realmente me llamara la atención.

Nada en el cuerpo de Juan me llamaba la atención. El mismo cuerpo de siempre, dormido, quieto. Apenas se fueron los tres hijos de puta corriendo por el pasillo, me incliné sobre Juan y le dije:

Dale, dejate de joder.

Pero no se dejó de joder. No estaba jodiendo.

Lo agarré de la muñeca, tironeé y le dije:

Dale, ya se fueron.

MATTHEW

Oigo a Celia respirar de esa forma en la que respira cuando no se puede dormir y le pregunto qué le pasa y me dice nada y carraspeo de esa forma en la que carraspeo cuando quiero que deje de molestarme y me pongo de costado dándole la espalda. Siento su cuerpo que se mueve y se encima al mío, sus tetas aplastadas contra mis omóplatos, y le digo que mañana es sábado y pensaba llevar a Billy al cine a ver una película en 3D. Me dice que sus padres llegan mañana y que se quedan a pasar el fin de semana y me pide perdón por no haberme avisado antes.

Verónica

Laura ama conocer gente, y hacerse amiga de esa gente, y no entiende que cada persona nueva que metemos en nuestra vida es una bomba a punto de explotar.

Agustina

Paula intentaba convencerme de que publicar un libro hoy en día no significa nada, que la gente ya no tiene paciencia para leer, que no hay que tomárselo seriamente, *a la tremenda* como decía su abuela. Mientras me hablaba, pensaba que para ella sacar la visa de Estados Unidos iba a ser imposible: no tenía trabajo ni cuenta de banco, y la sucesión de la casa de sus abuelos no estaba ni cerca de tramitarse.

Me pidió que leyera la página y media que había escrito para la presentación de *El milagro*. Empezaba contando cuánto odiaba tener que escribir esto que ahora estaba leyendo para gente que no conocía y que probablemente nunca llegaría a conocer. Luego se dedicaba a aclarar que para ella escribir era un acto que encerraba el fin en sí mismo, que no existían los libros sino el acto de escribir, solo el acto de escribir, y que los libros no eran más que el acto de escribir encapsulado en rectángulos de papel.

Agradecía a Susana Similia, la mujer de la editorial que se había puesto en contacto con ella la primera vez, y a Gustavo Marín, y al final me agradecía por haberla ayudado a entender que aunque los libros no existen no queda más que publicarlos, que es la única manera de seguir adelante. No nombraba a Juan, ni a sus viejos, ni a sus abuelos.

MATTHEW

Desayuno con Celia y Billy torres de panqueques ahogadas en *maple syrup*. Le pido a Billy que termine su vaso de jugo de naranja y le da un sorbito y deja el vaso sin terminar a un lado del plato. Celia levanta los vasos y tira los restos de jugo en la pileta y le pregunto si quiere que lave los platos y me dice que no y nos pregunta si sabemos qué película vamos a ir a ver y Billy dice que prefiere quedarse jugando al juego de NASCAR.

Le pregunto a Celia a qué hora llegan sus padres y me dice que no sabe la hora exacta pero que después del mediodía. Levanto mi plato y cubiertos y los tiro en la pileta y le doy un beso a Billy y uno a Celia y pienso en lavarme los dientes pero al final no, me pongo la campera y enfilo a lo de Jake.

Juliet me dice que Jake está en el garage intentando arreglar la cadena de la bicicleta de Cathy. Me dirijo al garage y lo encuentro sentado en el suelo tomando una cerveza importada y me alcanza una botella, que saca de entre el hielo de la heladera portátil, y le pregunto de dónde robó la cerveza importada y me dice del baúl de un auto en el estacionamiento del Food Emporium. Le pregunto cómo le fue con Randy y me hace un gesto que significa «bien» y se pone de pie con esfuerzo y vaciamos las cervezas y enfilamos a lo de Ralph.

La casa de Ralph parece hundirse en la tierra. Jake dice que Ralph nunca arregló los cimientos y le digo que me parece raro ya que Ralph gana un sueldo aceptable y no tiene que alimentar mujer e hijos. Golpeamos la puerta con violencia y esperamos que nos abra aunque sabemos que no va a abrirnos porque nunca nos abre y giro el picaporte y nos metemos en la casa, que huele a perfume de ambiente con aroma a canela pero no a canela natural sino a chicle de canela.

Jake me pregunta qué hora es y no le contesto porque me lo acaba de preguntar hace quince minutos en la calle y enfilamos por el pasillo hacia el cuarto de Ralph. A medida que nos acercamos el aroma a canela es atragantado por una mezcla de fritura y Old Spice. Ralph duerme en el suelo envuelto en un acolchado con manchas de quién sabe qué; a su lado la cama perfectamente hecha.

Ey, le digo.

Jake le pega una patadita en las plantas de los pies:

¡Arriba!

Ralph dice algo que no entendemos y se cubre la cabeza con el acolchado.

Está viniendo Randy, le digo y Ralph asoma dos ojos que parecen odiar la cabeza en la que se encuentran y nos mira con un miedo que se muere de cansancio.

¿Cuándo?, dice.

Ahora, digo y Ralph patea el acolchado alejándolo de su cuerpo vestido y se pone de rodillas y luego de pie y mira hacia un lado y el otro como si fuese la primera vez que despierta en este cuarto.

Vamos, dice Jake.

¿Adónde?, dice Ralph.

A la cocina. No se puede estar acá. ¿Cuánto hace que no ventilás?

En la cocina Ralph nos alcanza cervezas y se abre una para él y nos sentamos en las únicas dos sillas y la mesada (yo en la mesada). Jake le dice que Randy no está viniendo un carajo y Ralph nos pregunta por qué no nos vamos a clavárselas a nuestras madres muertas. Vacío la cerveza y abro otra y les cuento lo que Randy me dijo en su visita de ayer y Jake nos cuenta lo que Randy le dijo a él (que es prácticamente lo mismo que me dijo a mí) y Ralph nos dice que no le abrió a Randy aunque lo oyó golpear la puerta un rato largo y le pregunto por qué no y me dice que no tenía ganas.

¿Qué vamos a hacer?, dice Jake.

Nada, digo y a Ralph le gusta que diga eso y sonríe y se saca un moco y lo mira y lo *flickea* en dirección a Jake.

La mujer nos vio, dice Jake.

¿Mujer?, dice Ralph.

Sí, la mujer que seguiste hasta el motel de Carl.

No seguí a ninguna mujer.

Entonces me estás diciendo que tu intención era meterle la verga a un hombre en el culo. No sabía que eras puto, Ralph.

No soy puto.

Ayer no pasó nada, digo. Las intenciones no cuentan. Todos los días tengo la intención de hacer algo que no termino de hacer, y nadie me viene a pedir que me haga cargo de eso que no hice.

Hay un muerto, dice Jake.

No pasó nada, digo. El tipo nos atacó. No nos dio tiempo a presentarnos. Lo único que hice fue sacármelo de encima. Actuamos en defensa propia. Pero igualmente nada de esto importa porque nadie se va a enterar de que estuvimos en ese cuarto.

El travesti nos vio, dice Ralph.

Exacto, digo. Un travesti. Un tipo con tetas. Un monstruo. Vio a tres habitantes de Noha, hijos y nietos de habitantes de Noha.

Randy va a volver, y lo más probable es que venga con Stu, dice Jake.

No vamos a contarles nada, digo. Estábamos en la gomería. Celia pasó y se quedó con nosotros gran parte de la tarde.

Celia no pasó un carajo, dice Jake.

Ella dice que sí, y yo le creo.

Celia es nuestra coartada, dice Ralph.

¿Y si alguien nos vio entrar al motel?, me pregunta Jake.

Nadie nos vio. Ni siquiera Carl nos vio.

Carl estaba dormido, dice Ralph.

Sí, pero no creo que le haya dicho eso a Randy. Es menos creíble decir que estaba dormido que decir que no vio nada.

Podemos hablar con Carl, dice Ralph.

No, digo. Si hablamos con Carl somos culpables.

¿Culpables de qué?, dice Jake y Ralph se ríe, cerveza explotándole por las fosas nasales.

Otra tarde más en la gomería, digo y abro una cerveza y se la alcanzo a Jake y abro otra y se la alcanzo a Ralph y abro otra y la vacío de un trago y abro otra.

AGUSTINA

Me di cuenta de pronto, como si no lo hubiera sabido siempre, de que no conocía a nadie del mundo del teatro argentino, tanto del Off como del comercial. Conocía a menos gente de la que José conocía cuando vivía conmigo y se la pasaba improvisando unipersonales. No sabía qué hacer con la obra, adónde llevarla, a quién mandársela, y ese no saber qué hacer estuvo a punto de convencerme de que lo mejor era no producirla.

¿Qué pensaba conseguir? Si la obra se producía y era un éxito, ¿qué iba hacer con ese éxito? ¿Disparar mi carrera de actriz? ¿Suspender el viaje a Estados Unidos y aceptar la nueva realidad de que vivir de actriz es posible?

Es casi imposible vivir de actriz que nació actor. Cuando le conté a mi abuela que de grande quería ser actriz, me dijo que le parecía una muy buena idea, pero que por las dudas estudiara alguna otra carrera, como contaduría o maquillaje artístico o peluquería.

Casi todas las mujeres que nacieron hombres son peluqueras o maquilladoras o prostitutas o trabajan en un *call center*. Podría haber conseguido trabajo en un *call center*, explicarle a gente de distintas partes del mundo cómo programar sus hornos microondas.

MATTHEW

Randy viene a la gomería y nos dice que Stu quiso venir con él pero lo convenció de que no era necesario. Le ofrezco una cerveza pero dice que no se siente del todo bien. Ralph dice que nosotros tampoco nos sentimos del todo bien, que nunca nos sentimos del todo bien, pero Randy insiste con que hoy no quiere tomar cerveza. Nos cuenta que habló con Carl y que Carl le dijo que no vio nada de nada y el alivio que siento me obliga a sonreír.

Randy nos mira fijamente como si no nos reconociera del todo, como si fuésemos impostores pretendiendo ser Ralph y Jake y Matt, y nos cuenta que el travesti describió tres caras muy parecidas a las nuestras. Le digo que nuestras caras son parecidas a muchas otras caras y Randy asiente y baja la mirada.

El travesti nos vio, digo, y Ralph y Jake me miran intentando disimular que me están mirando. Pasaron un par de veces por acá, el travesti y su amigo. Pero entonces no sabíamos que era un travesti. Nos saludaron y les devolvimos el saludo.

¿Hablaron con ellos?, me pregunta Randy.

No.

Son sudamericanos. De Argentina.

Ralph se ríe y abre una lata y me la alcanza y abre otra y se la alcanza a Jake y abre otra y se la ofrece a Randy, que vuelve a decirnos que no, hoy no. Ralph le da un trago largo a su cerveza y la espuma se le escurre por la comisura de los labios y se limpia la boca con el tatuaje descolorido que dice «Mom forever».

¿Qué hacen en Noha?, pregunta Jake.

Según el travesti iban camino a los Adirondacks. Les robaron en Manhattan los pasaportes y estaban esperando que se los volviesen a tramitar.

Ya no quedan ladrones en Manhattan, dice Ralph.

¿Cómo murió el amigo del travesti?, le pregunto a Randy.

Desnucado. Según el travesti, uno de los tres que entraron lo empujó contra la pared y se rompió la nuca.

Poco creíble, digo.

Tal vez lo mató ella, dice Jake. Tal vez vino con la sola intención de matarlo.

Tal vez, dice Randy.

Se aprendió nuestras caras para acusarnos.

Abro una lata y la vacío. Abro otra y se la alcanzo a Jake. Abro otra y se la alcanzo a Ralph. Abro otra y se la ofrezco a Randy, que dice que no pero insisto y sostiene la lata con dedos que no quieren sostenerla. Abro otra y la alzo a modo de brindis. Miro a Randy hasta que también alza su lata y los cuatro tomamos un trago largo. Ralph lanza su lata al jardín de la vieja Almeida.

VERÓNICA

Al volver a casa encuentro a Laura en medio de un ataque de nervios. Le pregunto qué pasó, pero no tiene que explicármelo porque Quique se me acerca moviendo la cola y luciendo un hueco en el cuello; sangre brotando sin mucho entusiasmo.

En el taxi a la guardia veterinaria me cuenta que estaban paseando por la Segunda Avenida y un grupo de vagabundos pasó en sentido contrario con un perro blanco enorme, y Quique le gruñó al perro de la misma forma que le gruñe a casi todos los perros, en especial a los ovejeros alemanes y labradores, y el perro blanco se le vino encima, y ella se dio cuenta de que estaba suelto, y tiró de la correa pero demasiado tarde. El perro blanco le encajó a Quique un dientazo en el cuello y siguió caminando tranquilamente; el grupo de vagabundos cagándose de risa.

La veterinaria de turno nos dice que la herida es muy profunda, que hay que limpiársela y coserla. Nos informa que va a tener que usar anestesia general. Nos pide que firmemos unos papeles que intentamos leer pero no entendemos del todo. Igualmente los firmamos. Como no tenemos seguro médico para Quique, nos informa que no puede empezar con la intervención quirúrgica hasta que paguemos. Entonces pago: mil doscientos dólares.

Nos sentamos en la sala de espera junto a un dispenser de agua mineral. Laura permanece en silencio un rato buscando la manera de quitarse un puntito de mugre de una uña. Luego se larga a llorar. Me pide perdón.

Tranquila, no fue tu culpa, le digo, aunque no puedo evitar sentir que sí fue su culpa, y odiarla un poco por ser tan distraída.

Pero no le digo nada. Soy consciente de que ese odio y ese echarle la culpa son una reacción a la bronca que me genera el grupo de vagabundos jóvenes con su perro blanco suelto, y más aún saber que no puedo hacer nada contra esos jóvenes que viven en la calle por elección, que deben tener familias en casas de clase alta en barrios suburbanos.

Lleno un vaso con agua, se lo ofrezco, toma un trago, me lo devuelve, y dejo el vaso medio lleno en el suelo porque no hay mesa.

Me llamó Paula, digo.

¿Qué Paula?

Solís, la hermana de Juan. Está en una prisión en Noha.

¿Qué pasó?

No sé.

¿Y Agustina?

No sé.

¿No le preguntaste?

Quiere que vaya a visitarla, y que lleve un abogado.

No conocemos a ningún abogado.

Le puedo preguntar a mi abogado en Los Ángeles, el que me revisa los contratos. Tal vez conozca un abogado criminalista.

Laura me pide que le alcance el vaso con agua y lo vacía. Como no sabe dónde dejarlo, se levanta y camina hasta el único tacho de basura. Vuelve a sentarse a mi lado y me pone una mano en el muslo.

Vamos juntas, dice.

No podemos dejar a Quique en la guardería. No recién operado.

Lo traemos con nosotras. Tal vez sea lindo Noha. Me gustaría conocer un poco el estado de New York. Debe haber un hotel que acepte mascotas.

Hablás como si nos fuésemos de vacaciones.

¿Por qué no?

La serie.

Sos la *showrunner*. ¿No te podés escapar unos días?

131

Sí, me puedo escapar. Pero no vamos a tener el episodio listo a tiempo.

¿Y qué problema hay? ¿Qué te van a hacer? ¿Echarte? Es lo mejor que te puede pasar.

Es verdad, pienso, no tengo nada que perder. Puedo terminar los episodios cuando se me antoje. El *network* me puede apurar todo lo que quiera, pero no tengo que apurarme. Si me echan me libero de esta cruz pesada y deforme. Una cruz casi imposible de calzarse a la espalda. Pero lo más probable es que no me echen. Necesitan que la ganadora del Oscar les escriba la serie. Van a esperar lo que haya que esperar. Lo único importante es que los episodios sean buenos, mejores que la mayoría de episodios que se escriben para televisión.

La veterinaria nos dice que salió todo bien, que Quique se acaba de despertar. Nos vende una especie de cono que debe usar alrededor de la cabeza para evitar chuparse la herida. No sé cómo va a hacer Quique para dormir pegado a mi pantorrilla bajo sábana y frazada con ese cono calzado en la cabeza.

En el taxi a casa pienso que de alguna manera el cono justifica el viaje a Noha. Mejor sacar a Quique de la rutina: la novedad del cono se va a diluir en la extrañeza del entorno.

AGUSTINA

Le pedí a Paula que me acompañara a registrar la adaptación de la obra de teatro y, para mi sorpresa (y la suya), aceptó.

José vivía registrando sus obritas. Había algo tierno en verlo salir con las obras impresas, como si alguien en el mundo tuviera la intención de plagiárselas, de correr el riesgo de cometer un crimen a cambio de ejecutar aquellos textos olvidables. Lo llamé una mañana y le conté que pensaba producir una obra de teatro. Temí que me pidiera que le diese un papel. Pero no, me dijo que le parecía una buena idea, y luego me contó que la escuela de teatro era un éxito, que tenía casi treinta alumnos, y que había contratado a su vieja de secretaria.

José había encontrado la manera de seguir adelante. Al menos así se oía al teléfono, como alguien que había continuado con su vida sin preocuparse por el pasado, por los fracasos, por las injusticias. Me costó reprimir la bronca. Le dije que se me hacía tarde para reunirme con un director famoso que estaba interesado en dirigir la obra, y cuando me preguntó el nombre del director corté. Pensé en llamarlo otra vez (no, ir a buscarlo mejor) e invitarlo a Estados Unidos, cagarle la vida como pensaba cagársela a Paula.

Camino a la estación de subte, Paula me preguntó si estaba bien, algo que nunca me había preguntado. Luego, sin esperar que le contestara, me dijo que necesitaba comprarse un vestido y zapatos. Le propuse regalárselos y no dudó en aceptar. Ver a Paula probarse el vestido en Kosiuko me recordó una escena de *Tarzán*. Una escena que no sé si existe en la película o solo en mi mente, donde Tarzán es arrebatado de la selva y llevado a la civilización más opulenta, y forzado a probarse ropa de oligarca británico.

A Juan le molestaban mis sueños de una vida opulenta. Se la pasaba repitiendo cuán privilegiada era, cuánta suerte tenía de poder levantarme a la hora que quisiera y hacer lo que quisiera la mayor parte del día. Y yo le repetía que sí, que estaba al tanto de que podía levantarme a la hora que quisiera y hacer lo que quisiera la mayor parte del día, siempre y cuando ese *hacer lo que quisiera* no fuese trabajar.

¿Y?, me dijo. Nadie quiere trabajar.

Yo sí, le dije.

¿De qué?

Cualquier cosa.

133

¿Estás segura?

Sí.

Ojo con lo que deseás, Agus.

Quiero trabajar, Juan. Quiero trabajar hasta hartarme de trabajar. Quiero entender lo que significa estar harta de trabajar. Disfrutar de mis quince días de vacaciones anuales como nunca disfruté de nada. Quiero llegar agotada a casa y odiar el hecho de que tengo que preparar la cena porque vos estás ocupado en uno de tus proyectos y no tenés ni un segundo para ir a comprar algo. Quiero que me ofrezcas la opción de pedir *delivery*, que me tires el celular y me digas, llamá, y yo decirte, por lo cansada que estoy, por la bronca que me da que no puedas anticipar que voy a llegar cansada del trabajo y tengas el impulso de comprar o pedir algo de cenar, que no, que voy a cocinar, que me voy a meter en la cocina y pasar media hora transpirando frente al calor del horno y las hornallas.

VERÓNICA

Alquilamos un BMW porque Laura nunca había manejado uno y se moría por hacerlo. No hace mucho que sacó el registro y manejar para ella es como un juguete nuevo. Quique y el cono en el asiento de atrás, masticando una oreja de chancho.

La ruta a Noha está rodeada de naturaleza: un verde que al rato se vuelve repetitivo y deja de ser natural. Aunque el viaje es solo de una hora y cuarenta minutos, nos detenemos dos veces en estaciones de servicio para que Quique haga pis y camine un rato. Compramos latas de Dr. Pepper y mix de frutos secos, los que vienen con pimienta de Cayena. La variedad de comida en este país es tan excesiva que te permite tener gustos específicos. Laura y yo sabemos lo que nos gusta comer al detalle, y respetamos ese gusto día tras día, hasta que alguien de confianza nos comenta de algún restaurante o producto que hay que probar.

Nos hospedamos en la suite del Residence Inn by Marriott, un hotel tres estrellas que, de los pocos que aceptan mascotas, Expedia daba como el mejor. Laura se deprime al pisar el lobby: olor a desinfectante, una fuente de agua seca, alfombra con manchas mal disimuladas.

La suite es más amplia de lo que imaginábamos, y con todas las comodidades que una suite debe tener. Quique corre de una punta a la otra, se tropieza con el cono. En esta cama *king* voy a poder dormir sin sentir el roce constante de sus cuerpos. Aunque ya me acostumbré al roce, al punto de que cuando viajo por trabajo lo extraño. En camas inmensas de hoteles cinco estrellas de Santa Monica o Beverly Hills muevo las piernas buscando la piel de Laura o el lomo peludo de Quique.

La Ulster County Jail existe en las afueras, como casi todas las prisiones del mundo. Un edificio moderno que aparenta más un colegio secundario que una prisión. Le pregunto a un tipo que barre el estacionamiento dónde deben dirigirse las visitas. Me anuncio en una ventanilla: datos personales, relación con la reclusa. Me dan fechas para elegir.

Me gustaría verla ahora, digo, pero, como si no me hubieran entendido, insisten con las fechas.

Elijo la más próxima, dentro de tres días, nueve de la mañana. Les pregunto si puede ser el mismo día pero luego de almorzar, y otra vez no me entienden y anotan en una planilla el horario de las nueve.

AGUSTINA

Durante la presentación de *El milagro* Paula se mantuvo callada, junto a Gustavo Marín y yo, que nos ocupábamos de responder por ella cada vez que le hacían una pregunta y ella no respondía o respondía con monosílabos.

La mayoría de los invitados eran autores de la editorial aún menos conocidos que las personas que tienen carreras exitosas en el mundo del teatro argentino y nadie oyó nombrar en su vida. Habían conectado un micrófono a un parlante estúpidamente grande para el tamaño de la sala. Cuando Marín lo prendió, el acople casi arroja al suelo los vasos de plástico cargados hasta la mitad con vino tinto barato.

Antes que nada quiero agradecerles a todos por venir, dijo. La presentación de cada libro que publicamos es un evento sumamente especial para nosotros, y qué mejor que celebrar estos momentos con nuestros amigos y los autores a los que tanto admiramos y apoyamos. Vivimos en tiempos difíciles, tiempos en los que cada vez la gente lee menos, y entonces es ahora cuando más hay que celebrar estos acontecimientos. La publicación de un nuevo libro. Un libro que nos llena de orgullo. Paula Solís ha escrito una novela de una contundencia pocas veces vista. *El milagro* es una de esas lecturas que ruegan por una relectura inmediata.

No habló mucho más. Buscó a Paula con la mirada, levantó la copa en su honor, y luego la invitó a decir unas palabras. Paula tardó un siglo en llegar al micrófono. Metió una mano en su cartera y pellizcó la hoja doblada en cuatro con el discurso que había escrito, pero enseguida la soltó.

Un, dos, tres, probando, dijo, y por la forma en la que me miró supe que estábamos jodidos. Mi hermano Juan, el artista conceptual, si es que eso significa algo, solía decir que las presentaciones de obras o artistas por lo común van en contra de esas mismas obras o artistas. Un libro no es algo que se deba presentar. Un libro se lee. Y un escritor tampoco debería presentarse. A los escritores es mejor ignorarlos, hacer como que no existen, dejar que los libros existan por sí solos, porciones narrativas huérfanas que fueron puestas en el mundo para alegrarnos o arruinarnos la vida. Hace un frío de cagarse acá dentro, ¿o me parece a mí? Y el vino me cayó como el culo. La verdad es que me arrepiento de haber venido a este cóctel. Me arrepiento de estar presentando la novela, y de haberla mandado a una editorial. De lo único que no me arrepiento es de haberla escrito. Creo que la gente que no escribe debería arrepentirse de haber vivido. Escribir es más importante que tener hijos, o que defender un país en alguna guerra, o que poner los pies en Marte y volverlo habitable. Pero los libros no son importantes. Las editoriales no son importantes. Las editoriales y los distribuidores volvieron algo importante materia prima de un negocio rígido y antiartístico. Lo único que puedo celebrar es haber encontrado la manera de pasarme la vida escribiendo. No sé cómo lo hice. Sí sé lo que perdí a cambio. Aunque en realidad no lo perdí porque nunca lo tuve. Perdí la posibilidad de tenerlo. Todos perdemos la posibilidad de tener cosas cada vez que tomamos una decisión. Yo tomé una sola decisión hace dieciséis años y desde entonces la vengo respetando. Ustedes me están obligando a cambiar, a tomar una nueva decisión, una nueva decisión que en realidad ya tomé, y estoy segura de que es la decisión equivocada. Daría cualquier cosa por volver a la decisión anterior, a mi vida de los últimos dieciséis años. Pero ya no puedo volver a esa vida.

Pensé en acercarme y preguntarle si estaba bien, pero no me moví de mi hueco entre la mesa con vino y la pared.

Entiendo, dijo, no me están obligando. Nadie me obligó a tomar esta nueva decisión. O en realidad sí, me obligaron, porque así funciona el juego que armaron. Un juego que te obliga, sin en apariencia obligarte, a tomar una sola decisión, a caerte de rodillas en esa decisión.

Susana Similia empezó a aplaudir.

No voy a agradecerles por publicarme *El milagro*, dijo Paula. Voy a desearles lo peor. Voy a rogar que esta casa se prenda fuego y también los talleres donde imprimen los libros. Que vuelva la dictadura y quemen todos los libros del país, y que de milagro eso inspire al resto de los gobiernos a quemar todos los libros de sus países. Y así el mundo se va a quedar sin libros. Un mundo de escritores, no de libros. Ocho mil millones de personas que se sienten todos los putos días a escribir, aunque la mayor parte del tiempo no escriban nada. Y si no se quieren sentar que no lo hagan. Que se sienten a escribir de pie, como Hemingway. O acostados, como Onetti. Siempre me gustó Onetti: un vagabundo con mujer y casa. Un vagabundo literario.

Gustavo Marín y otros tres invitados se sumaron al aplauso de Susana Similia.

¿Qué aplauden?, dijo Paula. ¿No entienden lo que quiero decirles? Ustedes me cagaron la vida. Todos ustedes. Y Johannes Gutenberg.

Marín se apuró hacia Paula e intentó arrancarle el micrófono de los dedos, pero Paula lo empujó con la mano libre y Marín cayó sentado a los pies de una mujer de cabello deprimente (el cuero cabelludo asomándose entre mechones de pelo finito mal teñido de rojo), que no se terminaba de decidir a dejar en la mesa el vaso con vino y el sándwich de miga y ayudarlo. Similia y otros dos autores se agacharon junto a Marín y le preguntaron si estaba bien. Luego de que él dijera que sí, estoy bien, no pasa nada, lo ayudaron a levantarse.

Marín agarró a Paula de un brazo y le dijo que iba a publicar *El milagro* y promocionarlo más de lo que había promocionado cualquier otro de sus libros (giró para pedirles perdón a los invitados que aún no se habían ido), y que iba a mandar prensa a la casa de Paula para que le hicieran entrevistas todos los días, que les iba a *pagar* para que persiguieran a Paula como si fuese la hija trola y falopera de la reina Máxima.

VERÓNICA

Luego de asegurarme de que Quique está bien solo en el cuarto, me tiro en una reposera a ver a Laura flotar. El frío de Noha es peor que el de Manhattan, pero la pileta cubierta climatizada nos permite convencer a nuestras mentes y cuerpos de que viajamos unos días a Río de Janeiro. Nuestras mentes y cuerpos siempre tan predispuestos a que los engañemos.

Al mediodía, luego de almorzar y justo antes de la siesta, me llama Richard, la mano derecha del CEO del *network*, la persona encargada de asegurarse de que los proyectos avancen sin problemas, sin desperdiciar plata ni tiempo, y me pregunta dónde estoy.

En un hotel en las afueras de New York, le digo.

¿Por qué?

Un tema familiar.

¿Qué tema?

Un tema privado.

Esta semana esperamos leer el nuevo episodio.

Venimos atrasadas.

¿Cuán atrasadas?

Un poco.

¿Piensan tenerlo para la semana que viene?

Sí. O la otra.

No, la semana que viene. Si no corremos el riesgo de que el *schedule*...

El arte no respeta tiempos específicos.

¿Qué?

El arte no respeta tiempos específicos.

¿Qué significa eso?

Que la palabra *schedule* no tiene sentido con relación al arte.

La palabra *schedule* tiene todo el sentido del mundo cuando se invierten setenta millones de dólares. No me obligues a viajar a New York y explicártelo en persona. Tienen hasta la semana que viene. El jueves. El viernes nos vamos de viaje.

¿Adónde van?

Le comenta algo a alguien, y espero que vuelva al teléfono a despedirse, pero no vuelve y entonces corto.

Me cuesta vivir en falta. Siempre me costó. La única manera en la que puedo disfrutar de cierta paz es estando segura de que no le debo nada a nadie, que nadie me desprecia, que nadie me cree culpable de algo, incluso cuando ese algo no haya sido mi responsabilidad.

AGUSTINA

Paula ni siquiera salía a visitar librerías a comprobar si su novela se encontraba en la «S» de las secciones de literatura argentina. Le pregunté si quería que la acompañase a comprobar si la tenían, y si no la tenían pedirles que la encargasen, y si quedaba una sola copia comprarla y pedirles que encargasen más, pero me dijo que no, que no le importaba que la novela vendiera mucho o poco, que para ella *El milagro* ya no existía, que ya la había escrito y que por eso no existía.

VERÓNICA

Me despierto de la siesta con la sensación de que el mundo entero se fue al carajo. Laura se está lavando los dientes. Se asoma y me pregunta si quiero ir a un *outlet* de ropa de marca camino a Bloomington.

Tendría que haber contratado un abogado, le digo.

Tu abogado te dijo que es imposible, que hasta no saber qué pasó...

Paula se va a desilusionar cuando me vea entrar sin abogado.

No la conocés. No la viste en tu vida. Estás haciendo el esfuerzo de visitar en la cárcel a alguien que nunca...

Es la hermana de Juan.

La escritora.

Sí.

La agorafóbica.

No es agorafóbica.

Juan la odiaba.

No.

Cuando hablaba de ella parecía que la odiaba.

No la odiaba. No se puede hablar tanto de una persona a la que se odia. Quería ayudarla, pero no sabía cómo.

Igual que vos. Querés ayudarla, pero no sabés cómo.

No me importa cómo. Me lo tiene que decir ella, y luego veo si la puedo ayudar. Aunque no se me ocurre cómo ayudarla más allá de conseguirle un abogado.

A la que deberíamos ayudar es a Agustina, dice.

¿No supiste nada?

Te hubiera contado.

Qué raro.

No te olvides de preguntarle.

Nadamos cinco largos y nos quedamos un rato tiradas en reposeras, respetando el libreto de estas vacaciones imprevistas. Pasaron dos días, pero el *writers room* y la serie quedan a una distancia ridícula: hay que conseguir una visa y tomar un vuelo de veinte horas para recorrerla.

Nos duchamos y vestimos como si hubiéramos sido invitadas a un cóctel en el Met, y caminamos cinco cuadras bordeando la ruta hasta un Ruby Tuesday. El único cliente es un hombre de unos sesenta años cenando solo en la barra. Nos sentamos en el *booth* peor iluminado, y por eso mismo más romántico, y pedimos dos Jack Daniel's dobles para ir poniéndonos en pedo mientras examinamos el menú. *Spinach artichoke dip* de entrada, *hickory bourbon salmon* para Laura y un *asiago peppercorn sirloin* para mí; de tomar, el vino tino más caro, que no deja de ser sospechosamente barato.

Desde que la conocí que estoy esperando esto, dice Laura.

¿Qué?

Agustina. Desde que la conozco espero que nos meta en algún quilombo.

Aún no sabemos qué pasó.

Hay gente que es así, atrae problemas. Toda mi vida viví rodeada de gente que atrae problemas. No sé si los elijo sin darme cuenta, o si ellos me eligen a mí.

Volvemos caminando por el costado de la ruta. Laura usa la linterna de su celular para iluminar el suelo de tierra y pastizales. La noche en Noha es más noche que en Manhattan. Los manhattanitas hace décadas que vienen intentando erradicar la noche.

Preguntamos en conserjería si la pileta está abierta pero nos dicen que no, que cierra a las ocho y media.

Tendríamos que haber pedido el *sundae*, dice Laura. O la *cheesecake* con dos cafés.

En el minibar hay de todo, digo.

Nos quitamos la ropa y nos tiramos en la cama a devorar un chocolate setenta por ciento cacao y ver un capítulo de *Seinfeld*. Quique y el cono nos miran comer, pero los ignoramos. Nos concentramos en los cuatro amigos y sus vidas de cartón. Dejamos que la *sitcom* nos convenza poco a poco de que en el mundo nada es importante.

AGUSTINA

La entrevista en la embajada de Estados Unidos fue extrañamente agradable. La mujer del otro lado de la ventanilla me deseó suerte cuando le dije que estaba por producir la adaptación de una obra de teatro norteamericana e iba a viajar a New York a reunirme con el autor y ver algunas obras de Broadway. Me preguntó si tenía alguna urgencia en recibir el pasaporte con la visa estampada (me informó que hacían excepciones en el tiempo de entrega con gente que no podía esperar las dos semanas de costumbre), pero le dije que no, que no había apuro, que estaba planeando el viaje para dentro de unos meses.

Al salir de la embajada sentí que los árboles de la cuadra habían florecido brócoli hervido.

VERÓNICA

Me obligan a soltar en una bandeja de plástico todo lo que tengo en los bolsillos y pasar por un detector de metales. No suena ningún bip, pero igualmente un guardia me pide que alce los brazos y me circunda el cuerpo con una de esas paletas eléctricas que detectan cualquier cosa que no sea inofensiva.

Un pasillo que en nada se parece a los pasillos de prisiones en películas de Hollywood. Luego un código de seis dígitos, una puerta que se abre con una nota aguda, y del otro lado mesas idénticas con sillas idénticas y una mujer que nunca vi en la vida que se rasca el cuero cabelludo. El guardia me sienta frente a ella, sin presentarnos, y se ubica junto a la puerta.

¿Paula?, le digo.

Sí, dice la mujer.

Soy Verónica.

Nos damos la mano, una forma de saludo extraña entre dos argentinas. Noto su mano izquierda vendada, sobre el muslo, olvidada.

¿Y el abogado?, dice.

No conozco a ningún abogado criminalista. Hablé con mi abogado en Los Ángeles, me revisa los contratos, y me dijo que hasta no saber qué te pasó no me puede recomendar a nadie.

Paula asiente, decepcionada.

Un abogado recomendado por tu abogado de Los Ángeles va a salir una fortuna. No tengo mucha plata. Tendría que haber sido más clara cuando hablamos, pedirte que llamaras a uno de esos abogados que se anuncian en la tele o los diarios.

¿Qué pasó?

Paula clava los ojos en el guardia junto a la puerta.

¿Pensás que estos bobos saben leer labios?

Ni idea.

En las películas, cuando un preso habla con su abogado los meten en un cuarto cerrado. Les dan privacidad.

No soy abogada. No me presenté como abogada. Me presenté como familia. No ofrecen la opción «amiga», ni «conocida». Así que acá me tenés, soy tu familia.

Paula se cubre la boca.

Se la prendí fuego.

¿Qué cosa?

¿Agus no te contó?

No la vimos a Agustina. Tampoco nos contesta los mails.

Paula me habla a mí pero mira al guardia junto a la puerta, como si las palabras que elige tuviesen que existir en el medio, en la distancia que me separa del guardia.

¿A qué te dedicabas?, me pregunta.

Soy escritora.

Ah, yo también.

Me contó Juan.

¿Y qué hacés en New York?

Me contrataron para escribir una serie de televisión.

Sos guionista.

Sí.

No sos escritora, sos guionista.

OK.

Me publicaron una novela. Se llama *El milagro*. Vendió muchos ejemplares.

¿Qué prendiste fuego?

La gomería. Los tres hijos de puta tenían una gomería. Los que mataron a Juan.

En el robo.

¿Qué robo?

A Juan lo mataron en un intento de robo.

No, no fue un robo. La siguieron. Los habían visto un par de veces, en la gomería, haciendo nada. Agustina salió un rato. Estaba deprimida. La encontraron en un parque y la siguieron hasta el motel.

¿Qué hacían en un motel? ¿Qué hacían en un motel en Noha?

Habían parado a descansar.

¿Descansar?

Camino a no sé dónde. Un lugar impronunciable. Habían alquilado una casa junto a un lago. Para esperar.

¿Esperar qué?

Que pasara algo. Con Juan. Con su carrera. No les quedaba mucha plata, y les habían robado los pasaportes. Querían esperar, gastando lo menos posible.

El guardia se nos acerca pretendiendo examinar algo que aparentemente sucede en la pared del fondo, y luego vuelve a su puesto junto a la puerta.

¿Cómo mataron a Juan?, le pregunto a Paula.

Se lo sacaron de encima. Querían pasar un rato con Agustina. Solos. No es necesario que te explique qué pretenden hacer tres tipos que trabajan en una gomería en este pueblo de mierda en un cuarto de motel solos con un trava.

No digas eso.

¿Qué?

Trava.

Agustina es un trava.

No, es una *mujer trans.* Y si vas a ser despectiva, al menos usá el género adecuado.

Juan se les fue al humo. Eso me dijo Agustina. Aunque me cuesta imaginar a Juan yéndose al humo.

¿Qué le hicieron?

Ya te dije, se lo sacaron de encima.

¿Qué significa eso?

Juan era un poco... no sé... blandito. Los atacó, se lo sacaron de encima, no volvió a levantarse.

¿Y Agustina? ¿Qué le hicieron?

Nada. Se asustaron al ver que Juan no se levantaba. La dejaron sola con el cuerpo.

Nunca los encontraron, le digo.

La policía se esforzó más por hacer que Agustina confesase el asesinato que por buscar a los culpables. La tuvieron encerrada, sin abogado, sin comida, sin la posibilidad de llamar a nadie. En parte los entiendo. No era posible encontrar a los culpables. Todo el pueblo es culpable. Todo este pueblo de mierda asesinó a Juan. No se puede encontrar a un pueblo entero culpable.

¿Por eso quemaste la gomería?

Paula se rasca el cuero cabelludo y apoya la pera sobre la mesa.

¿Cómo?, le digo.

Cómo ¿qué?

¿Cómo hiciste para quemarla?

Traeme un abogado.

Hablo con mi abogado en Los Ángeles y le pregunto.

Me va a salir un huevo. No tengo mucha plata.

Hablo y te cuento.

Cuando puedas fijate cómo viene mi novela. *El milagro*. Llamá a la editorial Silbando Bajito y preguntá por Gustavo Marín. Debe haber plata para mí.

Tengo que hablar con Agustina.

Si te llama decile que lo siento mucho.

AGUSTINA

No me dieron bola en los cinco teatros más importantes del Off. En realidad sí me dieron bola, pero una bola desganada que me convenció de que ninguno de esos teatros iba a producirme la obra, que probablemente ni siquiera la iban a leer.

Otra vez pensé que lo mejor era dejar de posponer el viaje a Noha. Ya tenía la visa: me la dieron por diez años. Hubiera preferido que me la dieran por cinco meses, que me forzaran a sacar el pasaje y viajar, sabiendo que las horas estaban contadas.

Pensé en viajar a Corrientes y dejar la obra en los teatros más importantes (teatros más grandes y al mismo tiempo menos prestigiosos que los buenos teatritos del Off de Buenos Aires), pero al final ni fui a Corrientes ni mandé la obra por mail.

José me recomendó que firmara la adaptación con el nombre de Juan, y dijera que Juan la había escrito antes de morir, para mí, que era lo único que me quedaba de él, que diera una nota en un diario y contara que lo único que me quedó de él fue la adaptación de esa obra, y me sentara a esperar que me llamase algún productor. Pero no quise involucrar a Juan en mi excusa para no viajar. No quise hacerlo responsable de un éxito que iba a poner en riesgo la dulce venganza de su muerte estúpida.

Publiqué un aviso en *Alternativa Teatral* y la casa se llenó de actores. Paula no salía de su cuarto: se la pasaba haciendo quién sabe qué y escuchando su *drum and bass*. Tuvo que aceptar unos auriculares que le di de regalo. Me costaba enormemente explicarles a los actores lo que quería de ellos. Terminaba agotada y con ganas de tirarme en la cama sin cenar y soñar que Juan recibía una llamada de su agente y no había necesidad de viajar a la casa del lago, y se la jugaba a escribirme la obra de teatro y producírmela y era un éxito tanto de público como de crítica.

Cuando me preguntaron quién iba a dirigir la obra, les dije, yo, aunque hasta ese momento no había considerado la posibilidad de dirigir. También me preguntaron quién iba a producirla, y les dije que estaba en eso, que había varios teatros interesados. Con cada paso que daba en dirección a la obra, el olor a vegetales hervidos amenazaba con escaparse de las molduras y chorrear las paredes.

Verónica

Un motor en la distancia. En estos pueblos es más fácil escuchar la distancia. Saco mi celular y me dispongo a llamar a mi abogado, pero enseguida me doy cuenta de que en Los Ángeles son las siete de la mañana.

Un bocinazo. Laura me pregunta cómo me fue.

No sé, le digo.

¿Qué te contó?

Prendió fuego a la gomería.

¿Qué gomería?

Los que mataron a Juan trabajaban en una gomería.

¿Ella sola?

No estoy segura.

Me mira y con un gesto le pido que se concentre en la ruta.

Creo que los tipos estaban adentro, le digo.

¿Qué?

Los de la gomería, los asesinos de Juan.

¿Te dijo eso?

No, lo leí en internet. En un diario. Dicen que en el incendio de la gomería encontraron tres cuerpos.

Laura pega un volantazo y se mete en el estacionamiento de un Walmart.

¿Quién te vio?, me pregunta.

¿Cuándo?

Ahora. ¿Quién te vio?

Nadie. Bueno, sí, los empleados de la prisión. El guardia.

Volvamos a Manhattan. Es una locura. Sabía que la pelotuda de Agustina nos iba a…

No sabe dónde está Agustina.

¿Qué?

No sabe dónde está Agustina.

AGUSTINA

Una mañana desperté con el ruido de la puerta de calle que se cerraba de un portazo. Fui al living comedor, al cuarto de Paula, a la cocina, pero no la encontré. Me preparé un mate y me senté a esperar.

Volvió antes del mediodía con una copia de *El milagro* y un gesto de agotamiento y me dijo que, aunque le habían hecho un sinfín de preguntas, se la habían dado.

¿Qué cosa?, dije.

La visa.

No entendí lo que la palabra «visa» significaba.

Acabo de volver de la embajada, dijo.

¿Qué embajada?

La de Estados Unidos.

No sabía que habías aplicado para la visa.

Hace dos semanas, cuando estabas con el casting para la obra.

Pero no tenés trabajo, ni cuenta de banco, ni...

La novela, dijo. *El milagro*. Les dejé una copia de regalo. También les llevé el título de propiedad de esta casa, aunque aún no hicimos la sucesión. Pero lo que los convenció fue la novela. Aparentemente vendió muchos ejemplares, casi cinco mil.

¿Cómo sabés eso?

Me llamó Marín.

¿Cuándo?

Cuando estabas con el casting para la obra.

¿Y por qué no me dijiste nada?

Porque estabas con el casting para la obra.

No quiero que vengas, le dije.

No importa. Voy a ir.

No tenés plata.

Sí que tengo. El diez por ciento de cada copia vendida.

MATTHEW

Encuentro la laptop de Celia entre el despiole de ropa para lavar y entro en la cocina y no prendo la luz y me siento a la mesa y abro la laptop y tipeo las dos primeras letras de la página porno de travestis pero no aparece y abro el historial y descubro que Celia lo borró.

Salgo al porche y el frío me recomienda volver a meterme en casa. Voy hasta la camioneta y me siento tras el volante y prendo el motor y por un momento temo que el ruido del motor despierte a Celia.

Estaciono frente a la gomería y atravieso la oscuridad hacia la parte de atrás, donde está la oficina. Tardo en encontrar la llave en el llavero de los Mets que sostiene todas las llaves de puertas que de alguna manera me pertenecen y entro en la oficina y tardo en encontrar la llave que abre el último cajón del escritorio y saco quinientos dólares y cierro el cajón y la puerta con llave y atravieso la oscuridad, que ya no parece tan oscura de vuelta a la camioneta.

Neil Young canta con su voz de abuelita medio loca «Everybody Knows This Is Nowhere». Todos en Canadá son abuelitas medio locas.

Podría ir al *strip joint* de Poughkeepsie pero sigo de largo hasta Newburgh y doy vueltas por las calles que rodean Newburgh hasta que encuentro un rectángulo plano y chato de cemento con letras de neón que forman la palabra FLASHDANCERS. Estaciono en el *lot* de un Denny's a cuadra y media del *joint* y camino lentamente repitiéndome que lo mejor es volver a la camioneta y masturbarme imaginando cualquiera de esas mujeres con pene que fui memorizando noche tras noche, un infierno de hermosas mujeres con pene clavado en alguna parte de esta mente innecesariamente amplia que heredé de mamá. Un desfile interminable de los más fascinantes errores que una paja rápida haría desaparecer.

El tipo de la entrada me quiere cobrar veinte dólares pero me asomo del otro lado de la cortina y compruebo que el lugar está casi vacío y le digo que si insiste con cobrarme los veinte dólares me voy al carajo y se ríe y abre la cortina con su mano gorda y me invita a pasar. Huele a humo artificial y cigarrillo aunque una calcomanía mal pegada en la pared tras la cabezota del tipo de la entrada dice que no está permitido fumar.

Quiero hablar con alguien, hacerle la pregunta, pero no sé con quién se habla cuando se quiere averiguar algo en uno de estos lugares. Nunca entendí los *strip joints*: soltar billetes a lo loco a cambio de litros de alcohol barato y la cercanía de mujeres en tetas a las que no se puede tocar.

Me meto en el baño y hago pis y me lavo las manos y me miro al espejo y descubro que tengo puesta una de las gorras de la gomería que Jake mandó a hacer en cantidad para regalarlas a los clientes que comprasen más de una llanta. Me quito la gorra y la tiro al tacho de basura y la cubro con bollos de papel higiénico y vuelvo a mirarme al espejo y me acomodo el pelo y como no se me termina de acomodar lo mojo y achato con las palmas.

Una *stripper* retirada me vende una cerveza a siete dólares y suelto un bufido que nunca antes solté y giro en dirección a las chicas agarradas a los *poles* y apoyo los codos en la barra. Todas las canciones que salen de los parlantes son «Girls Girls Girls» de Mötley Crüe aunque tienen otros nombres y otras letras y otras melodías.

Cinco o seis *strippers* pasean aburridas y me preguntan si

quiero un *lap dance* y les digo que no, gracias. Vacío la cerveza y bordeo el escenario hasta la cabina del DJ pero lo encuentro armando un cigarrillo y riéndose de algo y me arrepiento y vuelvo a la barra y pido otra cerveza.

Estoy a punto de irme cuando veo a una *stripper* vieja acercarse a una de las *strippers* no tan viejas y decirle algo al oído. Vacío la cerveza y la dejo en la barra junto a un dólar de propina y me acerco a la *stripper* vieja, que se detuvo a contemplar a las chicas que bailan en el escenario, y le pregunto si le puedo hacer una pregunta y me dice que por favor no haga eso y le digo, ¿qué? y me dice que no pregunte si puedo hacer una pregunta sino que simplemente pregunte.

¿Usted maneja este lugar?, le digo.

No.

A las chicas.

¿Qué quiere con las chicas? ¿Un baile? El *champagne room* está cerrado, un problema de humedad.

Me gustaría saber algo. Tal vez alguna de las chicas…

Alguna de las chicas, ¿qué?

¿Conoce la expresión *shemale*?

Me examina la cara y luego el cuerpo y luego otra vez la cara, no los ojos sino la cara, toda la cara, y me pregunta si soy un *faggot* y le digo que no y asiente y me pide que vaya a una de las mesas del fondo pasando la cabina del DJ y espere.

Compro otra cerveza y permanezco un minuto mirando a una de las *strippers* abrirse de piernas frente a un hombre que escribe algo en su celular. Tomo un trago y pienso en vaciarla pero no quiero gastar siete dólares en otra cerveza y camino hasta las mesas del fondo. Las piernas me tiemblan. Me aprieto los muslos y como siguen temblando me los pellizco.

Mientras espero imagino un *strip joint* donde la única música que sale de los parlantes a toda hora fue compuesta por Neil

Young e interpretada por Crazy Horse y me río al imaginar los esperpentos que bailarían en semejante antro.

La *stripper* vieja viene con una chica de unos veinticinco años. Me pregunta si prefiero ir a los sofás o quedarme acá en la mesa y le pregunto dónde están los sofás y señala un sector del otro lado de la barra y le digo que acá estoy bien. Le pide a la chica que se siente a mi lado y me aclara que son veinte por canción y se aleja sacudiendo un culo que es cuatro o cinco culos a la vez.

La chica no parece una chica con pene. Me gustaría preguntarle si sigue teniendo pene o se lo sacó pero le pregunto su nombre y dice, Charlotte.

Peter, le digo.

La chica tiene pelo rubio lacio y ojos oscuros y es petisa sin curvas y sus tetas y culo se desintegran en un conjuntito verdeplatinado que fue diseñado para una mujer completamente distinta.

Me dijo Madeleine que te gustan las sorpresas, dice.

No, le digo, la verdad es que no. Mi mujer hace décadas que quiere hacerme una fiesta sorpresa para mi cumpleaños pero no se termina de decidir porque sabe que apenas entre en casa y griten ¡sorpresa! voy a dar media vuelta e irme.

Se ríe como se reían las chicas que iban conmigo al colegio. Luego se abre de piernas y me muestra el bulto, el pene y los testículos amordazados por la tanga verdeplatinada, y me pregunta si quiero un baile y le digo que quiero más de uno. Se pone de pie y apoya ambas manos en mis hombros y empieza a balancearse como un *goalie* esperando que le pateen un penal en ese deporte que los latinos llaman *football* y hace un siglo intentan encajárnoslo como si no tuviésemos suficiente con nuestro *football* y nuestro *baseball* y *basketball* y *hockey*. La chica carece de ritmo. Un baile más ridículo que seductor. Le pido que vuelva a sentarse y me mira como si no me hubiese entendido aunque sí me entendió, porque se sienta.

Termina la canción y empieza otra y le doy un billete de veinte y le pido que vuelva a abrir las piernas. Algo no está del todo bien con el bulto: no sufre el amordazamiento que piel y carne suelen sufrir al ser amordazados. Un bulto que no parece vivo. Le pido que se corra la tanga y me muestre lo que esconde debajo y me mira con lo que supongo es angustia. Me dice que no tiene permitido correrse la tanga y que el *champagne room* está cerrado. Vuelve a ponerse de pie y balancearse en su baile ridículo pero la agarro del antebrazo y la siento.

¿Puedo tocarlo?, le digo.

No.

Te pago cien dólares.

No, perdón…

Doscientos.

Es de mentira, dice.

¿Qué?

Lo que tengo bajo la tanga. Maddy me dijo que…

Suelto veinte dólares en la mesa y enfilo a la salida. Al sentir el aire fresco de la madrugada me entran unas ganas terribles de llorar pero no lloro. Camino hasta la camioneta y me acuesto en la caja de carga y me masturbo imaginando que Celia se corre la bombacha y me muestra un pene inmenso y duro como un pino de *bowling* y me pide que me arrodille y me lo meta en la boca.

AGUSTINA

Un teatro en San Telmo aceptó presentar la obra los jueves a la noche a cambio de que yo me hiciera cargo de los gastos y les dejara el treinta por ciento de cada entrada vendida. Los actores me dijeron que les parecía un buen arreglo, pero cuando se lo comenté a Paula me preguntó si había disfrutado del puño cerrado entrando y saliéndome del culo.

Se aprovechan, dijo. Saben que no tenemos experiencia y nos pasan por arriba. Cada vez que abandonamos sus oficinas estallan en carcajadas.

¿Qué querés que haga?, le dije.

Olvidate de la obra.

No.

Vamos a Estados Unidos. Vos sacá los pasajes y yo pago el hotel.

Mañana viene Rodrigo García, le dije.

¿Quién?

Uno de los dramaturgos más importantes de Argentina. Sergio, el actor que hace de mi novio, lo conoce. Lo invitó a ver el ensayo. Tengo un grupo de actores a punto de sufrir un ataque de pánico.

¿Y vos?

¿Yo qué?

¿Alguna remolacha hervida?

PAULA

Desayuno con Agustina y una de las actrices de su obra que aparentemente se peleó con su novio o con el novio de su madre y se quedó a dormir.

¿Compartieron la cama de los abuelos?, les pregunto.

Sí, dice Agustina.

Dormí bárbaro, dice la actriz.

Te la pasaste hablando, dice Agustina. Arrancaste a las dos y media de la mañana y no paraste.

Qué horror, dice la actriz.

¿Cómo les fue ayer?, les pregunto.

¿Con qué?, dice Agustina.

El dramaturgo que vino a ver la obra.

Bien.

¿Le gustó?

Agus está genial, dice la actriz.

¿Y vos?, le digo.

Mi papel no es muy grande.

Pero esencial, dice Agustina.

Voy a empezar a escribir algo nuevo, le digo. Ya que no querés viajar…

¿Viajar adónde?, pregunta la actriz.

Cuando terminemos con la obra viajamos, dice Agustina mientras se ceba otro mate dándome la espalda; ya no es capaz de mirarme cuando le comento algo del viaje.

Podríamos armar una residencia, digo. Mi abuela hubiera estado feliz de saber que su tan preciada casa se convirtió en una pensión para actores muertos de hambre que no tienen donde vivir cuando se pelean con sus novios.

El novio de mamá, dice la actriz.

Cubro todos los gastos, dice Agustina. Así que voy a hacer lo que quiera el tiempo que quiera. Tendrías que estar agradecida de que no te cobro alquiler.

Es mi casa, le digo.

Aún no.

Y la plata que usás es de Juan, de sus cuadros.

Cuadros que eran míos, los heredé. No sé si te acordás, pero Juan y yo nos casamos. Soy la viuda de Juan. Todo lo que era de él me pertenece.

Me voy a lavar los dientes, dice la actriz.

Juan está esperando que lo ayudemos, digo.

Juan está muerto, dice Agustina.

No va a dormir en paz hasta que…

Cerrá el culo, Paula. No tenés la más puta idea. No estabas en aquel cuarto cuando los tres hijos de puta se lo sacaron de encima como si fuese una pelusa en la solapa de un saco.

Ja.

¿De qué te reís?

Juan era mi hermano.

Te odiaba.

No.

Te odiaba.

No.

De ahora en más te vas a hacer cargo de mantener la cocina limpia.

¿Qué?

Me oíste.

Chupame un huevo.

No tenés huevos.

Ya estoy lista, le digo.

¿Para qué?

Para ir a buscarlos.

Yo no.

¿Por qué no?

La obra.

No entiendo.

¿Qué?

Tu obstinación por presentar una obra que nadie va a ir a ver en un teatrito de mierda en San Telmo.

No sabés eso.

¿Qué?

Que nadie va a ir a verla.

Yo no voy a ir, le digo.

Termino de cebar un mate, chupo la bombilla y luego lo doy vuelta y desparramo el agua y la yerba sobre la mesa. Agustina sonríe con una sonrisa que si ella misma pudiera verla reflejada en algún vidrio o espejo no tardaría en borrársela de un sopapo.

Es tu casa, dice.

Verónica

Al volver nos tiramos de cabeza en la rutina. Luego de experimentar el invierno en Noha, el invierno en Manhattan duele menos. Laura parece haberse olvidado de insistir con Puerto Rico.

La llamaron de Buenos Aires para ofrecerle el papel protagónico en un comercial y no tardó ni cinco minutos en aceptar. Las próximas tres semanas voy a tener que ocuparme del perro, la serie, mandar ropa a lavar y gastar fortunas en *delivery* o alimentarme con basura. Soy capaz de cenar un paquete entero de Triscuits con medio pote de queso untable. Trago litros de café con leche y Dr. Pepper, intercalándolos cuando me acuerdo con un vaso de agua mineral.

Helen, Thelma y Mia no se detuvieron en mi ausencia: escribieron las diecisiete escenas que faltaban del quinto episodio. Aunque las escenas me parecen casi excelentes, sé que igualmente voy a corregirlas y volverlas mías. A veces, una sola línea de diálogo modificada es suficiente para que una escena me pertenezca. Les doy un día de descanso y me encierro en el *room* a corregir y terminar el episodio.

Desde mi breve conversación con Richard, me despierto al menos una vez por noche convencida de que alguien viene a buscarme, sacarme de los pelos a la calle y liquidarme de un disparo en la nuca.

Mi abogado me pasó los celulares de tres abogados criminalistas de confianza. Al terminar de corregir la primera escena, rebosante de ánimo, me congratulo con una taza de café con leche y una galletita Pepperidge Farm y llamo a uno de los abogados. Me dice que hasta fin de año está tapado de trabajo, que se le hace imposible tomar un nuevo cliente. Vuelvo a encerrarme en el *room* y corrijo hasta que se hace de noche. Luego preparo un último café con leche y me digo que ya es tarde para llamar a otro abogado.

Aunque son nueve cuadras, me tomo un taxi a casa porque dejé a Quique solo desde la mañana y debe estar a punto de cagarse a trompadas con el cono. Lo encuentro en la cocina intentando lengüetear agua de su plato hondo, un plato que el cono se ocupa de alejar cada vez que Quique saca la lengua. Me molesta que no me reciba con el entusiasmo desaforado de costumbre. Pienso en llamar a Laura y preguntarle cuántos días de cono quedan. Le reviso la herida y, como la encuentro bastante cerrada, le quito el cono y lo guardo en el ropero donde guardamos la ropa que no solemos usar pero tampoco desdeñamos lo suficiente para donar.

Quique pasea feliz. Un par de veces lo agarro husmeándose la herida y le grito ¡no! y tiro de la correa.

Duermo de mi lado de la cama, dejándole a Quique el lado de Laura. Pero no le importa tener la mitad de la cama para él solo: pasa la noche estirado contra mi pierna izquierda y parte de mi cadera, como una boa constrictor midiendo la longitud de su dueño antes de tragárselo entero.

A la mañana siguiente, camino al *room*, llamo al segundo abogado y me informa que se está yendo de vacaciones. Le pregunto cuándo vuelve, y me dice que dentro de dos meses, que se van a recorrer gran parte de Europa y Asia. No es posible recorrer gran parte de Europa y Asia en dos meses.

Encuentro a Thelma leyendo lo que corregí y me dice que

una de las escenas que había escrito ella funcionaba mejor sin mis agregados.

Esperemos a ver qué opina el *network*, le digo.

¿Ya lo mandaste?

Sí, ayer a la noche.

No le gusta saber que mandé el episodio al *network* antes de que ellas leyeran mis correcciones. Veo que se dispone a gritarme su desencanto, y entonces le digo que tengo que hacer una llamada y me encierro en uno de los baños. El tercer abogado acepta recibirme. Arreglamos una cita para el jueves a las once de la mañana.

Me doy cuenta de que mi deseo inmediato era que ninguno de los tres abogados estuviese disponible. Me sirvo un café con leche dándome cuenta de que mi nuevo deseo inmediato es que el caché del abogado sea tan alto que Paula no tenga manera de pagarlo.

AGUSTINA

Invité a mis viejos al estreno de la obra. Me ofrecí a pagarles pasaje de avión y hotel, pero papá me dijo que no, que prefería manejar, y que mamá conocía una pensión barata pero limpia y muy cómoda.

Los últimos ensayos fueron tan buenos, tan sorpresivamente naturales y emotivos, que una noche acostada boca arriba en la cama de los abuelos de Juan me sorprendí pensando que tal vez el viaje a Estados Unidos no era necesario. Juan ya está muerto, me dije. No va a volver. Haga lo que haga, no voy a traerlo de vuelta.

Paula había dejado de hablarme. Decidí no darle bola, concentrarme en los ensayos, demostrarles a los actores que la obra era tan importante para mí como respirar o evitar a toda costa que me salieran pelos en la cara. Me teñí el cabello de un negro azabache, para el personaje. Me convencí de que me lo teñía para el personaje.

Llamé a mamá y le dije que no iba a poder verlos antes del estreno.

Vamos a hacer una fiesta en un bar a la vuelta del teatro, le dije. Después te paso la dirección exacta.

Llenar la primera función fue fácil: familia, amigos, compañeros de trabajo. El teatro tenía capacidad para cincuenta personas.

Media hora antes de salir a escena, abrí una botella de Yamazaki (el whisky favorito de Juan) que había encontrado en el bolso en el motel y traído cerrada a Buenos Aires, serví en vasos de plástico y brindé con los actores por el futuro de nuestra obra y del teatro argentino en general.

Me imaginé a Paula entrando al camerino, levantando una maza que escondía tras su espalda y partiéndonos los cráneos. Sabía que no iba a venir al estreno. Me lo había repetido al menos una vez por mañana, mientras desayunábamos mate con tostadas de pan negro que untábamos con queso crema y una mermelada de naranjas que Paula decía era lo más feo que había probado pero se devoraba.

Al poner un pie en el escenario, antes de soltar la primera línea, comprendí que esa era la vida para mí. Actuar no era un hobby, o una profesión, sino una forma de vivir la vida, en y fuera del escenario. *Mi* forma de vivir la vida. Comprendí que el día que me di cuenta de que era mujer había empezado a construir un personaje mucho más real que lo que era antes, muchísimo más real que Agustín. Un personaje que vengo actuando desde entonces, y que sigo desarrollando. Un personaje que es lo que soy en realidad, pero que no deja de ser un personaje.

Una pausa demasiado larga mientras buscaba la primera palabra de la primera línea (esa primera palabra que desata la obra entera) obligó a Sergio a improvisar un par de complicaciones al quitarse las zapatillas.

Nos aplaudieron de pie. No todos, pero varios. Me pareció ver a Paula en la última fila, aplaudiendo con entusiasmo.

VERÓNICA

El tercer abogado me recibe en uno de esos espacios comunitarios donde la gente que no quiere o no puede alquilar una oficina suele encerrarse (rodeada de otra gente) a trabajar. Se llama Jonas Eagleton, y le deben faltar al menos cinco años para llegar a los cuarenta.

Me ofrece un vaso de agua y, aunque no tengo sed, le digo que sí, que gracias. Me cuenta que a su hija se le dio por la equitación, y que hoy a la tarde tiene su primer torneo, y que hace días se revuelve entre el orgullo y el miedo de ver caer a su hijita del caballo y romperse la nuca.

Los edificios del otro lado de las ventanas parecen ligeramente cartoonescos.

Contame, dice Jonas.

Una amiga, le digo. Bueno, *conocida*, la hermana de un amigo. Está en problemas.

¿Qué tipo de problemas?

¿Viajaste alguna vez a Noha?

No.

En el estado de New York. Un pueblito. Mi amigo Juan se detuvo un par de noches en Noha con su mujer, Agustina, hace casi dos años. Iban camino a los Adirondacks.

Al menos cinco desconocidos pueden oírnos.

¿No tenés un lugar más privado?, le pregunto.

Sí, disculpame. Me están arreglando la oficina, un problema con la instalación eléctrica.

Me pide que lo siga y nos metemos en un pasillo innecesariamente oscuro que da a los baños.

A Juan lo mataron en Noha, le digo. Tres tipos siguieron a Agustina hasta el motel e intentaron abusar de ella. Juan se interpuso y lo mataron.

¿Cómo lo mataron?

Se lo sacaron de encima.

¿Cómo?

No sé. Según la policía fue un intento de robo. Se convencieron de que los tres tipos entraron a robar, y que Juan se interpuso y lo mataron.

Se lo sacaron de encima.

Pero eso no es por lo que estoy acá. O sí. En parte sí. Paula necesita un abogado.

¿Quién es Paula?

La hermana de Juan. Está en una prisión en Noha. O cerca de Noha, en las afueras. La Ulster County Jail. Fui a visitarla hace unos días. Me dijo que prendió fuego la gomería.

¿Qué gomería?

Los tres tipos que mataron a Juan trabajaban en una gomería. Al parecer Paula vino a vengarse. Pero la agarraron.

¿De dónde?

¿De dónde qué?

¿De dónde vino?

De Buenos Aires. Paula vive allá. Supongo que planeó venir a quemarles la gomería.

Arson es un delito grave.

Claro.

Cobro por hora, y eso va a incluir el tiempo que pase en el auto.

Pienso en contarle de los tres cuerpos que encontraron en la gomería, pero al final me digo que mejor no. Si Paula no me contó será por algo.

MATTHEW

El negocio repuntó estos últimos meses. Aparecieron clientes de pueblos vecinos e incluso de ciudades que quedan a varias millas de distancia.

Con parte de la plata extra compro la nueva consola Xbox con el nuevo juego de NASCAR para Billy y un collar bañado en oro con lo que parece una flor colgando para Celia y los llevo a cenar al Ruby Tuesday. Nos sentamos en una mesa para cinco y les digo que pidan lo que quieran y me miran como si no me hubieran entendido y les repito que pueden pedir lo que quieran aunque sea el plato más caro y leen el menú con detenimiento y terminan pidiendo lo que siempre piden cuando venimos al Ruby Tuesday, que no es muy seguido la verdad.

Billy se devora el *sundae* con extra *fudge* y se empieza a quedar dormido. Celia me pregunta por qué no vamos yendo y le digo que no, aún no, y la tomo de las manos y miro de reojo a Billy para asegurarme de que está dormido y compruebo que le gotea saliva de los labios y miro a Celia a los ojos y le cuento que además del collar le compré otra cosa.

¿Qué cosa?, dice.

Sonrío y me doy cuenta de que no le gusta que sonría. Dejo mi celular en la mesa y lo prendo y le muestro la foto del cinturón con pene de goma que compré hace dos días en un *sex shop* de Newburgh. No entiende. Luego se ríe pero al ver que no me río se le llenan los ojos de lágrimas y me pregunta qué mierda pienso que estoy haciendo.

Nada malo, le digo.

Matthew…

Lo que un hombre y una mujer hacen en la intimidad no es asunto de nadie.

Es asunto mío.

Sí.

Y tuyo.

Pero de nadie más.

Se pone de pie y camina hasta el baño y se encierra no sé cuántos minutos. Al salir se dirige a la caja registradora y pide la cuenta y me señala y se apura a abandonar el restaurante. Despierto a Billy, que sin abrir los ojos me ruega que no lo moleste, pero lo agarro de un brazo y lo pongo de pie y suelto unos dólares en la mesa y me alegra comprobar que no voy a necesitar cambio.

Billy camina con los ojos cerrados. En la camioneta nadie dice nada y prendo la radio pero al no encontrar una canción que valga la pena la apago.

Llegamos a casa y Celia se encierra otra vez en el baño y meto a Billy en la cama con la ropa puesta excepto las zapatillas y lo cubro con su acolchado de NASCAR.

Me quito la ropa excepto remera y calzoncillos y espero que Celia salga del baño y me diga lo que tiene que decirme. Pero no me dice nada. Apaga su velador y me pregunta si me lavé los dientes y le digo que no y me pide que vaya a lavármelos pero no me muevo y suspira. Me agradece por la cena y el collar y le recuerdo entre dientes que si alguna vez cambia de opinión hay otro regalo para ella.

PAULA

No pude no venir a ver la obra de Agustina. Me quedé hasta último momento en casa, convencida de que no iba a venir, leyendo una novela de Michael Connelly que no vale para mucho más que tener un libro frente a los ojos un rato, pero a último momento arrojé el libro a la pila de novelas policiales que no terminé y me puse el vestido y tomé un taxi a San Telmo.

Entro a la sala llena y me aterra la posibilidad de no encontrar un asiento en las últimas filas, de tener que sentarme adelante y que los actores me vean al igual que los veo a ellos. Milagro: un hueco entre dos parejas. Los asientos no son asientos de teatro sino sillas de plástico ligeramente cómodas; al menos se esforzaron en conseguir cincuenta sillas idénticas, tanto en forma como color.

Un empleado del teatro, el mismo que me vendió la entrada y un agua y me cortó la entrada antes de acceder a la sala, se para frente a la primera fila y nos pide que por favor apaguemos los celulares. Nos avisa de que la obra dura ochenta minutos y no tiene intervalo. Luego apaga la luz, como si fuese una persona cualquiera saliendo de su casa para no volver por unas cuantas horas.

La iluminación del escenario es minimalista pero suficiente para generar la impresión de que estamos en una sala de teatro y no en el living de algún actor al que se le ocurrió improvisar una obra para un grupo de amigos. Me sorprende ver aparecer a Agustina en escena. No solo me sorprende, me emociona. Tengo ganas de aplaudir. Pero las ganas de aplaudir son reemplazadas por un miedo ridículo, como si de pronto me diese cuenta de que soy yo la que salió a escena.

¿Por qué no habla?, pienso. Que diga algo.

El actor simula pelearse con una zapatilla que no logra desanudar. Un señor a mi izquierda se ríe. Agustina rompe su estatismo, al fin, y gira hacia el actor:

Acordate. No le digamos nada.

El actor asiente. Encuentra la manera de quitarse la zapatilla. Luego se quita la otra y las deja a un costado del escenario.

Aunque leí la obra, no tengo la menor idea de hacia dónde va la historia. De los cuatro actores uno deja mucho que desear (tal vez sean los nervios), otro zafa, la actriz que se quedó a dormir en casa tiene buenos momentos. Pero Agustina no deja de sorprenderme, no tanto por su talento sino por lo adecuada que aparenta su presencia en el escenario, como si fuese una persona que solamente existe completa cuando una luz artificial le ilumina cada paso, cada gesto, cada palabra y cada silencio.

Parte del público se pone de pie para aplaudir. De las diez personas de mi fila se levantan ocho, por lo que me siento más expuesta sentada que parada. Me levanto y empiezo a aplaudir. Se me revuelve el estómago cuando Agustina, desde el escenario, saludando al público, los cuatro actores de la mano, me clava los ojos.

AGUSTINA

Mis padres aseguraron estar impresionados de mi actuación. Hablaron maravillas de la obra en general, pero de mi actuación especialmente. Me alegró, y al mismo tiempo pensé: ¿Y ustedes qué mierda saben?

Mamá no paraba de sacarse fotos con los actores. Luego de la tercera copa de vino, viendo a papá hablar con los viejos de Sergio, me di cuenta de que no tenía la capacidad de aceptarlos como eran y evitar avergonzarme. No había cosa que hicieran cuando estaba con ellos que no juzgara despiadadamente. Una inquisición que existía en mí, afianzada, y que no podía controlar.

Paula no apareció por la fiesta. No estaba segura de que la mujer en la última fila aplaudiendo de pie hubiera sido ella.

Acompañé a mis padres a la pensión. Mamá no paraba de sonreír; la primera vez que la veía borracha. Papá me preguntó, como era su costumbre, qué pensaba hacer de mi vida.

Nada, le dije.

¿Cómo *nada*?

La obra va a estar en cartelera tres meses, pero si traemos una buena cantidad de público tal vez nos den más tiempo.

Nos pareció muy linda la obra, Agus, dijo, pero no va a pagarte el alquiler ni el seguro médico.

No tengo seguro médico, le dije, y me miró como si le acabase de confesar que hacía años había asesinado a alguien pero por suerte nadie se había dado cuenta.

Estoy cansada, dijo mamá, todo muy lindo, hija, y subió a la pieza firmemente agarrada al pasamanos de la escalera.

Papá también parecía cansado, pero no la siguió. Permanecimos un rato en silencio en una especie de living/comedor que los dueños de la pensión habían arreglado para que los clientes se sentaran a ver un rato de tele o jugar a las cartas o cenar algo que les recomendaban comprar en una rotisería a la vuelta. Mis padres me habían hecho una descripción detallada de la pensión mientras caminábamos por San Telmo buscando un taxi.

No podés vivir sin seguro médico, dijo papá.

Acá estoy, le dije. Viva. Sin seguro médico.

Hay algunos planes baratos. No te van a atender los mejores médicos, y probablemente te hagan esperar un siglo cada vez que…

Basta, pa. Estoy bien. Lo único que quiero hacer ahora es enfocarme en la obra. Igualmente tengo la plata de los cuadros de Juan.

¿Cuánto te va a durar esa plata?

No sé.

¿Cuánta te queda?

No te importa.

Agus…

Suficiente.

¿Suficiente para qué? ¿El viaje a Estados Unidos?

¿Qué viaje?, dije, haciéndome la boluda, sintiendo un leve aroma a vegetales hervidos que me forcé a creer que venía de la cocina.

Nos contó Paula, dijo.

¿Cuándo?

Cuando terminó la obra. Nos vino a saludar. Nos dijo que estaba apurada porque tenía que seguir con los preparativos para el viaje. Que se iban en unos días. Le preguntamos adónde, y nos dijo que se iba con vos a Estados Unidos.

Paula no sabe lo que dice.

¿A qué van?

El hijo de puta que empujó a Juan contra la pared me había mirado con cariño. No un cariño libidinoso, sino simplemente cariño, auténtico, cargado de un afecto que me congeló el alma. Antes de que Juan lo atacara, pensé en pedirle ayuda, y de inmediato me sentí una imbécil. ¿Quién le pide ayuda a alguien que se metió en tu casa a robarte o violarte?

Aquel motel no era nuestra casa. Y ninguno de los tres parecía violador, si es que hay una manera de parecer violador. El que se me acercó y me agarró de un brazo tenía cara de tonto: la limitada capacidad de su cerebro se reflejaba en sus rasgos.

A papá lo único que se le reflejaba era la obstinación.

No voy a viajar, le dije. Estoy con la obra.

¿Y cuando la obra se termine?, dijo.

No sé. No quiero pensar en lo que voy a hacer después de la obra cuando acabo de empezar.

El mes que viene cerramos el negocio, dijo, y tu mamá quiere que vengamos para acá.

¿A qué?

A estar cerca tuyo.

No supe qué decirle. Quise negarme, gritarle cosas horribles como solía hacer cuando era chica (Agustín era mucho más agresivo que Agustina), pero no hice más que despedirme.

Paula

¿Qué pasó?, le digo a Agustina y sus ojos llenos de lágrimas.

Se me viene encima como una actriz mala en una telenovela.

¿Qué andás metiéndoles ideas a mis viejos?

No son ideas. Tu viejo me preguntó qué era de mi vida y le contesté. Es de mala educación no contestar.

Cerrá el culo, Paula.

Salió bien la obra.

Callate.

La verdad que fui deseando que fuera un desastre, pero me gustó. Sos buena actriz, y directora.

Si querés ir a Estados Unidos ya, vas a tener que ir sola. Tengo un compromiso con mis actores y el teatro, y no pienso…

No puedo ir sola.

Claro que podés. Tenés la visa.

Pero no los conozco.

¿A quiénes?

A los tipos de la gomería. Nunca los vi. Me podés decir dónde queda la gomería, pero no voy a saber si los empleados son los mismos. Tal vez se mudaron, vendieron el negocio.

No, siguen ahí.

¿Cómo lo sabés?

Estoy segura.

Apaga la radio, que aún sonaba en los auriculares en el suelo, y se sienta en la cama. Estoy a punto de pedirle que se traiga una silla, cuando dice:

Tengo miedo.

¿De qué?

De ir a buscarlos. Verles la cara otra vez. Pero también tengo miedo de no ir. Miedo de volverme loca si no hago nada, si me quedo acá viviendo en esta casa que no me pertenece como si no hubiera pasado nada.

¿Cuántos años tenés?

¿Qué mierda te importa?

No me importa. Lo que me importa es saber por qué hacés esto ahora.

¿Qué?

La obra. ¿Por qué no antes?

Lo mismo puedo preguntarte yo.

¿Qué?

¿Por qué publicás la novela ahora?

No estaba terminada.

¿Y por qué tardaste tantos años en terminarla?

MATTHEW

Oigo a Billy reírse y gritar «Shut up fuckface!» y abro la puerta de su cuarto y lo encuentro sentado en el suelo jugando al juego de NASCAR con unos auriculares con micrófono que no sé de dónde sacó y gritándole barbaridades a alguien que vive quién sabe dónde. Me siento a su lado y se calla y me pregunta qué hago y le digo que quiero que me enseñe.

¿Qué cosa?, dice.

A jugar al juego de NASCAR, le digo y veo en la pantalla que el auto que maneja Billy pierde el control y golpea el tren delantero contra la pared de la pista.

Billy me pega con un codo en las costillas y me pide que salga y grita «Fuck you fuck you fuck you!» a quien sea que esté en los auriculares.

Voy a la cocina en busca de una cerveza pero me doy de cara con Jake, que me mira como si mirarme fuese lo más complicado que tuvo que hacer en la vida.

¿Para qué necesitás la plata?, dice.

¿Qué plata?

La que venís robando de la oficina.

Abro la heladera y atrapo dos latas y le ofrezco una y por primera vez en muchos años no la acepta pero insisto y me dice que no pero se la abro y la sostiene con una mano que no quiere sostenerla y toma un sorbo.

Nos debés tres mil dólares, dice.

No, les debo mil setecientos veinticinco. Saqué tres mil, pero mil doscientos setenta y cinco me pertenecen.

¿Para qué mierda sacaste?

Un problema familiar.

¿Qué problema?

De salud.

¿Quién? ¿Celia?

No.

¿Billy?

No.

Lo invito a dar una vuelta y me pregunta adónde pero no le contesto. Me pregunta por Celia y le digo que ni idea. Quiere saber si no hay problema en dejar a Billy solo y le digo que qué problema va a haber. Nos subimos a mi camioneta y me pregunta adónde vamos y otra vez no le contesto y enfilo hacia el sur. Le pido que abra la guantera y saque uno de los CD y lo meto en el estéreo y Shakey canta «Heart of Gold», que es una de sus canciones más sobrevaloradas, y paso a la siguiente, «Are you Ready for the Country?», y golpeo los dedos contra el volante mientras siento los ojos de Jake que me hacen mil preguntas por segundo. No sé adónde vamos, solo que tengo que llevarlo a un lugar que no nos pertenezca, que no tenga nada que ver con nosotros.

No me imagino para qué podés necesitar tres mil dólares, dice.

No necesitaba tres mil, le digo. Necesitaba doscientos. Y luego doscientos más, y más, y una noche me quedé media hora extra y tuve que pagar trescientos.

¿De qué estás hablando?

Mujeres.

¿Putas? ¿No me digas que sos tan imbécil de…?

Mujeres con pene, digo y Jake suelta una carcajada tan natural y honesta que no me queda otra opción más que reírme con él.

Luego se pone serio y me pide que estacione y le comento que no entiendo a la gente que precisa estacionar cuando quiere hablar de algo como si hablar manejando tuviese menos importancia o le quitase peso a las palabras. Me señala un bar en una esquina con nuestra bandera cubriendo la única ventana. Estaciono en cualquier lado y entramos al bar, oscuro y con un olor a cigarrillo, que sobrevive desde 1997. Pedimos dos Budweisers tiradas y nos sentamos en la única mesa que no tiene gente cerca.

¿Desde cuándo?, dice.

Unos meses.

No sabía que eras gay.

No soy gay.

Te gastaste tres mil dólares en hombres con tetas, Matt. Si eso no es ser gay, entonces…

Me gustan las mujeres, Jake. Solamente las mujeres. Y algunas mujeres con pene. No son hombres con tetas, son mujeres con pene. Y me gustan algunas, no todas.

Es lo mismo. Un hombre con tetas, una mujer con pene. Es lo mismo. Son hombres. Son todas hombres.

No.

¿Celia sabe?

De los videos.

¿Qué videos?

A la noche veo videos.

Porno.

Sí.

Porno gay.

No.

Pero no sabe que estuviste con varios travestis, que gastaste una fortuna, que pusiste en riesgo la gomería para…

No puse en riesgo un carajo. Voy a devolver la plata.

¿Cómo?

La voy a devolver.

¿Y qué dijo?

¿Quién?

Celia.

¿De qué?

¿De qué va a ser, Matt?

Nada. Se está cogiendo a un mexicano. Un tal Julio. Vino a arreglar la heladera y terminó metiéndosela a mi mujer en el culo.

La cara de Jake parece llenarse de cansancio. Me pregunta si quiero otra Bud y le digo que sí y se pone de pie con esfuerzo y va hasta la barra y vuelve con dos cervezas y toma un sorbo antes de sentarse. Me pregunta si me cuidé cuando me acosté con los travestis y le digo que sí aunque la segunda vez estaba tan alzado que se la chupé al pelo a una chica alta de piel blanca y tetas casi naturales (me dijo que se le ponían así por las hormonas). Jake asiente y toma otro sorbo y me pregunta si fui al médico.

No, le digo.

Tenés que hacerte estudios.

Estoy bien.

Tenés que estar seguro. Por Celia. Y Billy. Y nosotros.

¿Qué tienen que ver ustedes?

Pasamos mucho tiempo juntos, Matt. Cargamos cosas pesadas. Usamos herramientas. Puede haber un corte. El otro día escupiste un gargajo horrible en dirección al árbol y unas gotas me pegaron en el ojo.

Es mi vida, le digo. Hago lo que quiero.

No es tu vida, es la de todos nosotros. Más aún después del accidente.

¿Qué accidente?

En el motel de Carl. Si alguien te vio estamos en el horno.

Nadie nos vio.

A nosotros no, a vos. Ahora, en estos días. Si alguien te ve con alguno de esos travestis va a saber que fuimos nosotros los que matamos al amigo de la turista.

Nadie me vio. Y nadie me va a ver. Nadie va a saber nada.

¿Qué? ¿Vas a seguir?

No te importa.

Basta, Matt. Ya te sacaste la duda. Un desliz. Todos tenemos un desliz. Cuando era chico dejé que mi primo Lenny me masturbara. No me gustó, pero eyaculé igual. Un desliz. La mente es una hija de puta.

Vacío la cerveza de un trago y camino hasta el *jukebox* y me alegra encontrar dos discos de Neil Young: *Tonight's the Night* y *Zuma*. Me palpo los bolsillos en busca de *quarters* pero no tengo y pienso en ir a la barra y pedir cambio pero me meto en el baño y cierro la puerta.

Mientras meo intento convencerme de que haberle contado la verdad a Jake fue una buena idea. Me sorprende y molesta que haya reaccionado con tanta calma. Hubiera preferido que me putease de arriba a abajo, que me rompiese la boca de una trompada, que me amenazase con contarle a Ralph y a Juliet e incluso a Billy. Aunque enseguida entiendo que no fue calma sino desilusión, como si acabase de reventar en mil pedazos un pacto que habíamos hecho cuando éramos chicos y nos jurábamos con una seriedad bíblica que ninguno de los dos iba a encarar a Susie Gibbs.

Vuelvo a la mesa y lo encuentro sentado frente a dos cervezas casi intactas y le pregunto si fue tan imbécil de tomar un sorbo de la mía y me dice que sí. Luego junta saliva en la punta del índice derecho y la *flickea* en mi dirección y dice que si en lugar de ser adultos con familia y responsabilidades estuviésemos aún en el colegio me daría para que tenga hasta dejarme inconsciente.

VERÓNICA

El *network* nos manda un mail con diecisiete notas que deberían mejorar sustancialmente el quinto episodio. Como cada vez que recibo uno de estos mails, en lo primero que pienso es en renunciar. Helen me pregunta si voy a renunciar. Se ríen.

Si renunciás me gustaría quedarme con tu puesto, dice Thelma.

Ni en pedo, dice Mia.

Las invito a un *boba tea* y *muffins* de banana y nuez, y nos sentamos en un banco de plaza en la vereda del café (no sé cómo se le dice a un café que solamente vende té) a decidir qué notas valen realmente la pena.

No les conté de mi visita a Paula ni de mi encuentro con el abogado. Les dije que con Laura habíamos decidido tomarnos unos días de descanso, que hacía tiempo queríamos dar vueltas por el estado de New York. Las tres coincidieron en que dar vueltas por el estado de New York en invierno es de idiotas, pero les mostré mi mejor cara de turista perdida y cambiamos de tema.

Llegamos a la conclusión de que cinco notas valen la pena y no son muy complicadas de atacar. Les pregunto quién de las tres quiere atacarlas y por suerte Helen levanta la mano. Si ninguna hubiera levantado la mano, habría terminado siendo yo la que atacaba las notas porque aún no aprendí a imponer deberes.

Camino a casa, tranquila de saber que alguien se está ocupando de las notas, ansiosa de saber que mañana tenemos que empezar de cero con el sexto episodio, me llama Jonas Eagleton.

Estoy en la calle, le digo, hay mucho ruido.

Si se te escapa algo avisame y te lo repito, dice.

La gente en Manhattan vive repitiéndose frases, millones de líneas de diálogo tragadas por el ruido constante de esta ciudad que se enorgullece de no dormir.

Hablé con Paula, dice. Hay muertos. Tres. Voy a viajar a Noha para conocer los detalles. Pero te llamo porque mi caché cambia. Sube bastante. No estamos hablando solamente de *arson* sino de asesinato en primer grado, con deliberación y premeditación y alevosía.

¿Paula te dijo eso?

No voy a comentar por teléfono lo que me dijo Paula. Te llamo puntualmente por el pago de mi caché. Ella no es capaz de pagarme en este momento, aunque asegura que va a tener plata en el futuro cercano. Algo de una novela, un best seller. Me dijo que hable con vos, que te ibas a ocupar de los gastos hasta que ella acceda a esa plata.

No me dijo nada.

Te iba a llamar.

No me llamó.

Bueno, háblenlo. Yo no puedo empezar hasta recibir el primer pago. Mandame tu mail por mensaje de texto y te envío los detalles.

OK.

¿OK?

Voy a hablar con Paula.

Perfecto. Mandame tu mail.

Durante las últimas cuadras intento recordar la estructura del episodio que debo empezar a escribir mañana sin falta y existe en una realidad que en este momento no tiene nada que ver conmigo.

AGUSTINA

Me despertó la cadena del inodoro. Luego oí pasos que se acercaban y entraban al cuarto. Paula se metió en mi cama y me preguntó si estaba dormida.

¿Qué hacés?, le dije.

Hay olor a pedo, dijo.

Lo debés haber traído del baño.

Se puso de costado mirándome y por un momento pensé que me iba a rodear con un brazo.

Soy virgen, dijo.

¿Qué?

No se lo había dicho a nadie. Soy virgen, en el sentido más completo de la palabra.

Te felicito.

Si algún día conozco a alguien, voy a poder casarme de blanco, dijo, y se rio, dientes sueltos bailando en la oscuridad.

Evidentemente había un leve olor a pedo. Un pedo prehistórico. Los olores del abuelo de Juan atascados en ese cuarto para siempre.

¿Cómo viene la obra?, me preguntó.

Tres espectadores ayer. Cinco la semana pasada. La motivación de los actores se va cayendo a pedazos, pero por alguna razón ese desgano los hace actuar mejor. Debería filmarla.

Hiciste un buen trabajo.

¿Qué significa *el sentido más completo de la palabra*? ¿Nunca te masturbaste?

No.

¿Por qué?

No tuve ganas.

¿Sueños eróticos?

Uno. Hace mucho. Con Juan Carlos Onetti.

¿El escritor?

Soñé que se colaba en mi cama y me metía una mano en la bombacha.

¿Tuviste un orgasmo?

No sé. Estaba demasiado nerviosa.

¿Por qué me contás esto?

Se puso boca arriba y estiró los brazos al techo, como si estuviese en una cuna y no tuviese más opción que intentar tocar un móvil invisible.

¿Alguna vez estuviste con una mujer?, me preguntó.

No.

¿Te dan asco?

¿Por qué me van a dar asco?

A mí me dan asco, dijo Paula. No las mujeres, sino lo que tenemos ahí abajo, entre las piernas. Parece algo que no terminó de formarse, una criatura que quedó a mitad de camino en su evolución.

No vi muchas que digamos, le dije.

¿Querés ver la mía?

No.

¿Puedo ver el tuyo?

No.

¿Te molesta?

¿Qué?

Tener eso en lugar de esto.

No.

¿En serio? Pensé que a todas las chicas como vos les molestaba. Las que quieren ser mujeres.

No quiero ser mujer, le dije. Ni soy mujer ni quiero serlo. Soy una mujer que nació hombre.

Yo soy un escritor que nació mujer, dijo y soltó una carcajada.

Cerré los ojos y me dispuse a dormir. Pero no iba a ser posible dormir con Paula en la cama, a mi lado, respirando, latiendo como un corazón aburrido rompiéndole los huevos al mundo entero. Juan también solía convertirse en un corazón. Una taquicardia ambulante. Un latido apenas perceptible pero que estaba todo el tiempo ahí, haciéndose notar.

¿Oíste hablar de Verónica Valbuena?, le pregunté.

Me suena, dijo.

La conocimos en New York. Ganó un Oscar. Me hice amiga de Laura, su novia. Te voy a dar su celular.

¿Para qué?

Por las dudas.

No entiendo.

Si algo sale mal quiero que la llames. Es la única persona que conozco en Estados Unidos que puede ayudarnos.

Si algo sale mal, dijo.

Sí.

¿Y la obra?

Tres espectadores ayer. Cinco la semana pasada.

PAULA

La primera vez que piso un aeropuerto. No sé adónde ir. No es necesario saberlo, solo tengo que seguir a Agustina. Hago lo posible por mostrarme calma, a gusto, incluso un poco aburrida. La sigo hasta el único sector de *check-in* de American Airlines donde no hay cola de gente. Una empleada le pregunta en qué categoría viajamos, Agustina dice, «business» y la empleada nos permite pasar con una sonrisa.

¿*Business*?, le digo.

Te quería dar una sorpresa, dice.

A los oficiales encargados de seguridad y pasaportes no parece importarles mucho quiénes son los pasajeros que van a llenar los aviones que en las próximas horas van a salir disparados hacia múltiples puntos del planeta.

Recorremos el *free shop* sabiendo que ninguna de las dos piensa comprar nada. Me siento en una mesa del primer bar que aparece, pero Agustina me pregunta qué hago y, como no le contesto, se apura a decirme que tenemos permitido usar el *lounge*. No entiendo del todo a qué se refiere con «lounge», pero no pregunto, simplemente la sigo hasta un ascensor frente a la puerta de embarque número 9.

Una sala amplia con sofás y televisores inmensos y un sector con comidas, café y bebidas alcohólicas. Agustina se sirve whisky en un vaso y cuatro cubitos de distintos quesos en un plato. Deja su cartera en un sofá, se sienta en el de al lado y me hace una seña para que me ubique frente a ella.

No sé qué tomar, ni qué comer. Me avergüenza no saber comportarme en un *lounge* de aeropuerto. Me siento como una nena pobre adoptada por una familia de guita en su primera cena familiar.

Está todo incluido, dice Agustina. Pero no te llenes, así disfrutás la cena. Con lo que vale *business* es importante disfrutar la cena.

Me sirvo una copa de vino tinto, me siento frente a Agustina y abro el único libro que traje: *La piedra lunar*. Una novela que leí hace mucho y disfruté como pocas veces disfruté de un texto literario. Wilkie Collins es uno de los pocos escritores de policiales que saben escribir.

Es raro pensar que ninguna de estas personas tiene la menor idea, dice Agustina.

¿Idea de qué?

De lo que vamos a hacer.

¿Qué vamos a hacer?

Alquilé un cuarto frente al Central Park, dice. Cuatrocientos cincuenta dólares la noche. Pensé que nos podíamos quedar tres días en Manhattan, recorrer la ciudad, comprar algo de ropa.

¿Cómo vamos a ir hasta Noha?, le pregunto, y con un gesto me pide que hable más bajo.

El *lounge* parece haberse vaciado. ¿Cómo se dice *lounge* en español? ¿Sala? ¿Salón privado? ¿Espacio de privilegio? A veces odio el español.

Viajamos en colectivo, dice Agustina. Hacemos lo que tenemos que hacer y nos tomamos otro colectivo de vuelta a Manhattan.

Me aburre este *lounge,* le digo. ¿Querés ir a dar una vuelta?
Dale.

Creo que es la primera vez en mi vida que le propongo a
alguien ir a dar una vuelta.

MATTHEW

Vendemos seis llantas en un día y para celebrar mandamos a Ralph
a White Castle a comprar cien dólares en *sliders.* Vuelve con tres
bolsas llenas y nos devoramos dos bolsas y media. Luego empezamos a sentirnos mal, envenenados de tanta carne barata y queso artificial, e intentamos forzar la digestión con litros de cerveza.
Pero no funciona y los tres cruzamos la calle al jardín de la
vieja Almeida y nos metemos los dedos hasta la garganta y com-
petimos a ver quién vomita más y más rápido y gana Jake.

Cuando entro a casa oigo el mismo gemido que oí aquella
tarde cuando imaginé que Celia estaba descuartizando un cachorro y abro la puerta de nuestro cuarto esperando encontrar al
tal Julio pero encuentro a Celia sentada en la cama llorando.
Pienso en Billy y en qué le pudo haber pasado para que Celia
llore así y le pregunto dónde está Billy y se pone de pie lentamente y luego corre hacia mí y me encaja un sopapo.

Me parece que lo mejor es que te vayas, dice.

¿Adónde?

No sé. A donde quieras. Ralph debe tener un sofá cama que
puedas usar.

¿De qué estás hablando?

Vino Juliet a tomar el té. Pero aunque herví agua y metí sa-
quitos en las tazas, no tomamos ningún té.

Me acerco a Celia y la agarro del brazo como si agarrándola

ella estuviese más dispuesta a entender pero no sé qué decirle, explicarle, confesarle porque yo tampoco lo entiendo y nadie lo entiende y nadie lo va a entender nunca.

Soltame, dice. Me estás lastimando.

No la estoy lastimando: la agarro con la fuerza justa para no lastimarla. Siempre la agarré con la fuerza justa para no lastimarla y ella lo sabe y también sabe que si pega un tirón con el brazo se libera. Pero no se libera y entonces pienso que ella sabía que la iba a agarrar del brazo, estaba esperando que lo hiciera, necesitaba que lo hiciera para poder decir lo que iba a decir con mayor efecto:

Me das asco. Me da asco que me toques, y que toques a Billy. No quiero que vuelvas a tocar a Billy.

Y ahora sí pega un tirón y se libera y sale del cuarto. La sigo a la cocina y me dice que si quiero puedo usar la valija azul para llevar mis cosas y me sorprende que diga eso porque la valija azul es la única que tenemos y ella la usa para guardar sus pocas cosas de valor, cosas que atesora más que nada en el mundo pero que nunca saca de casa aunque a veces se sienta en la cama y las examina hasta asegurarse de que se encuentran en perfecto estado, especialmente una cartera imitación de una de esas marcas caras que Juliet le trajo de Manhattan hace años y le permitió pagar en cuotas.

No me voy a ir, le digo.

Abre la heladera y la cierra con fuerza y vuelve a abrirla y cerrarla y me dice que si no me voy entonces los que se van son ellos. Pero me aclara que como soy yo el que mandé todo al carajo soy yo el que debería irme y le repito que no me voy.

Los amo, le digo. Te amo y lo amo a Billy. Y no pienso abandonarlos.

No nos estás abandonando, te estamos pidiendo que te vayas.

No me voy a ir.

¿Cuánto hace que metés en esta casa la mugre que traés de esos antros donde viven las putas esas con testículos peludos?

No son antros. Viven en casas o departamentos, igual que nosotros. Trabajan de putas porque no les queda otra. Ganan más plata que todos nosotros juntos.

Me mira como si le hubiera hablado en chino o árabe y abre la heladera y saca una lata de cerveza helada. Pienso que va a ofrecérmela pero me la tira a la cara y apenas logro agacharme para esquivarla y la lata explota contra la pared y la cerveza hace todo lo posible por escapar de los confines del cilindro de metal. Luego saca un tomate y lo muerde y me escupe el pedazo de tomate masticado y me lanza el tomate casi entero y esta vez permito que tanto el pedazo masticado como el tomate casi entero me impacten en el pecho y caigan al suelo frío e indiferente. Levanto el tomate casi entero y le doy un mordisco y le prometo con la boca llena que no voy a volver a hacerlo.

Tres mil dólares, dice.

Ya devolví una parte.

No me permití ir a la peluquería a arreglarme el pelo, que ya parece un trapo de piso reseco, ni llevar a Billy al dentista a que le vean el diente flojo que le cuelga hace semanas, convencida de que la gomería estaba pasando por un mal momento, y hoy Juliet me cuenta que no, que los últimos meses fueron un milagro, y al ver que estaba más perdida que un perro el Cuatro de Julio se le llenaron los ojos de lágrimas.

Perdón. Necesitaba sacármelo de encima.

Tres mil dólares.

Ya devolví una parte.

Pero no te lo sacaste de encima. Lo tenés adentro. Lo metiste en esta casa.

Tuve cuidado.

También teníamos cuidado cuando me embaracé de Billy.

Vos tenías cuidado, yo no.

Quiero que te pudras, Matt. Nadie va a cuidarte en los últimos días.

Si me voy me llevo a Billy conmigo, le digo, y suelta una carcajada que ni ella se cree.

Abre la heladera y la cierra y abre el agua fría de la pileta y la cierra.

Le tocás un pelo a Billy y hablo con la policía, dice.

No te animás.

Probame.

Sos cómplice.

No me importa. Prefiero que Billy termine en un orfanato que viviendo con vos y tu mugre.

Agarra el único cuchillo con filo que nos queda y me enseña la punta.

Te quiero afuera de esta casa antes de que llegue Billy.

¿Qué le vas a contar?

No sé.

Decile que tengo que ayudar al tío Ralph con algo.

¿Qué?

Decile que está enfermo.

Ja. *Enfermo.*

Decile que lo quiero más que a nada en el mundo.

VERÓNICA

Ayer le entregué a Jonas Eagleton un cheque por el valor de cinco mil dólares, un primer adelanto que al menos va a ponerlo en movimiento.

Hace una semana llamé a la editorial Silbando Bajito y les

dije quién era, y me reconocieron, y luego de responder las mismas preguntas de siempre les conté que pensaba adaptar *El milagro* al cine y quería saber cómo le estaba yendo a la novela, tanto en recepción como en ventas. La persona del otro lado de la línea me informó con orgullo que *El milagro* lleva vendidos casi siete mil ejemplares. Hablé con Paula por teléfono y le conté lo que había averiguado. Me dijo que estaba dispuesta a llenar los papeles necesarios para que me transfirieran esa plata. Mi contador en Buenos Aires nos dio una mano. No es que necesite esa plata con urgencia, pero sí que esos pesos se transformen en dólares y aguarden en alguna cuenta bancaria en dólares.

El olor de Veniero's me levanta el ánimo. Compro un *carrot cake*, una *cheesecake* individual sin decoración de frutos rojos y un *cannoli* relleno de lo que supongo es crema pastelera.

Al llegar a mi edificio me doy de cara con una mujer con la cabeza rapada.

Hola, le digo.

Soy Agustina, dice. Solís.

¿Cómo estás?

Nos damos un beso y volvemos a mirarnos, como si fuésemos dos actrices esperando que un director nos diga qué hacer.

Me gustaría hablar con Laura, dice.

No está. Vuelve en unos días. Fue a Buenos Aires, la contrataron para un comercial.

Qué bueno. Me alegro.

Mira hacia un lado y el otro. Algo cambió en su expresión apenas supo que Laura no estaba.

¿Querés pasar?, le pregunto.

¿No te jode?

No.

Quique se le viene encima como un desaforado y le olfatea los tobillos. Luego se le agarra de una pierna y empieza a bombear. Le grito que basta, que la deje en paz, pero Agustina me dice que no hay problema. Le pregunto si quiere agua o café.

Tengo *cheesecake*, le digo.

Agua está bien, dice.

Sirvo agua mineral en un vaso y le comento que hablé con Paula, que estoy al tanto de lo de la gomería. Agustina asiente, sonríe nerviosa, y me pregunta si puede usar el baño.

Claro.

¿Es muy desubicado si me doy una ducha?

No, le digo, aunque pienso que sí. Tenés toallas en el ropero abajo del lavatorio.

Gracias.

Mientras Agustina se ducha, llamo a Laura pero no atiende. Llamo otra vez y me dice que está cenando con el equipo técnico.

Te escribo en un rato cuando llego al hotel, dice.

Pienso en preguntarle a Agustina si necesita algo, pero no, abro la heladera y reviso la comida que nos queda: latas de Dr. Pepper, un agua con gas Pellegrino, medio limón, restos de queso cheddar untable. Abro la alacena: condimentos, aceite de oliva, un cuarto de bolsa de nachos de maíz azul.

¿Te parece que pida una pizza?, le pregunto.

Silencio. Toco la puerta del baño y creo oír a Agustina que me dice, abrí. La encuentro bañada y vestida, la cara contra el espejo, examinándose las mejillas, la pera, el pescuezo.

No me crecen más que un par de pelitos sueltos, dice. Tantas sesiones de depilación definitiva…

Me mira con un gesto de preocupación.

Necesito que me crezca.

¿Por qué?

Me deben estar buscando.

AGUSTINA

Nos costó disfrutar de nuestros tres días de turismo. La inminencia de Noha le quitaba brillo a lo que quisiésemos comprar, sabor a los platos que ordenábamos bajo la impresión impuesta de que nos moríamos de hambre.

Nada de mi vida con Juan en Manhattan vino a sacudirme como había imaginado al doblar cada esquina que recordaba haber doblado con él, al cruzar parques que habíamos cruzado mil veces, al pasear por Tribeca con la misma parsimonia con la que Juan solía pasear esperando que un concepto o imagen se le viniera encima y lo quitara de la inercia inactiva de semanas o meses.

Dimos una vuelta a Central Park en bicicleta. Paula me pedía que nos detuviéramos cada cinco minutos, se bajaba de la bici y estiraba las piernas, y tomaba un trago de agua de una botella que habíamos comprado en un puesto en la entrada del parque y a la que le había desinfectado el pico con alcohol en gel.

La última noche nos pegamos una ducha, nos metimos cada una en su cama y permanecimos en silencio un rato largo mirando cualquier cosa en la tele. Paula pateó las sábanas, fue hacia el minibar, abrió una botellita de vino blanco y me preguntó si quería.

Debe valer un huevo y medio, le dije.

Yo invito, dijo. Vació la botellita en dos vasos de plástico, me alcanzó uno y volvió a acostarse en la cama. ¿A qué hora nos tenemos que levantar?, me preguntó.

Cinco y media. Voy a poner la alarma del celular a las cinco y pedir en conserjería que nos llamen a las cinco y diez.

¿Qué vamos a hacer?

No sé. Estoy cansada. Podemos pedir comida al cuarto.

Mañana, Agus, dijo. Qué vamos a hacer mañana, cuando lleguemos a Noha.

Hice desaparecer el vino, salté de la cama, me metí en el baño y me senté en el inodoro a hacer pis con la puerta abierta, como solía dejarla cuando vivía con Juan. Paula se asomó y me preguntó si hacer pis sentada me ayudaba a sentirme mujer.

No, le dije, hago pis sentada porque es más cómodo. Si puedo estar sentada, ¿para qué quedarme parada?

Al salir del baño abrí otra botellita de vino y serví en los dos vasos. Hay algo desagradable y al mismo tiempo revitalizador en consumir ese alcohol exageradamente caro.

Deberíamos haber comprado un arma, dijo Paula.

¿Para qué?

Por las dudas.

No sabemos usar armas.

Podríamos haber aprendido.

Es una locura, dije.

Se puso de pie, apagó la tele, abrió y cerró el minibar, volvió a abrirlo y sacó una botellita de vodka.

Somos dos idiotas, dijo. Llegamos a la última noche sin saber qué hacer. Una escritora y una actriz en busca de tres hijos de puta que laburan en una gomería en un pueblo en la loma del orto.

No te conviene mezclar vino con vodka, le dije.

Destapó la botellita, olió y la cara se le frunció como una media vieja. Luego dejó caer todo el vodka en su vaso que aún tenía un fondo de vino blanco.

Esperemos una semana más, dijo.

Tenemos pasajes para mañana, dije, y este hotel vale una fortuna.

Nos alojamos en otro. Algún hostal de estudiantes.

No somos estudiantes.

Tomó un sorbito del trago que acababa de improvisar y me preguntó si quería probarlo. Le dije que no, pero insistió y terminé aceptando. No estaba tan mal.

Un poco más, dijo.

Tomé otro sorbo y le dije:

Tengo un plan. Te lo iba a contar mañana en el colectivo. No te lo conté antes porque no quería que te pusieras a imaginar y lo cambiaras. Te conozco, Paula. A estas alturas ya te conozco. Te puedo repetir cien veces que lo importante es doblar a la derecha y a último momento te entran unas ganas terribles de doblar a la izquierda.

Volcó la mitad de su trago en mi vaso. Ya sentía el alcohol afectándome, y veía en los ojos de Paula que ella también se había apartado un paso de la sobriedad.

Voy a hacer lo que me pidas, dijo.

Se sentó en el borde de mi cama y me rodeó el tobillo izquierdo con el pulgar e índice de la mano derecha. Me levantó la pierna veinte centímetros y así la sostuvo unos segundos para luego volver a depositarla sobre el colchón.

Somos solamente esto, ¿no?, dijo.

¿Qué?

Esto. Vengar a Juan. No somos más que esto.

Somos lo que queramos ser, le dije y me sentí una pelotuda. Paula me miró con una carcajada explotándole tras los ojos. Tenemos que sacarnos esto de encima, le dije.

¿Y después?

La novela, la publicada, la próxima.

¿Y vos?

Juan decía que mi problema es que no me gusta hacer nada, le dije. *Profesionalmente* hablando. No lo decía acusándome, sino simplemente señalando un hecho puntual. Yo solía pedirle que se fuera a la reconcha de su madre. Pero de a poco me doy cuenta de que tenía razón. No me gusta hacer nada. Me despierto todos los días sin el deseo de hacer nada específico.

Eso le pasa al mundo entero.

Sí, lo que lo vuelve aún más deprimente. Pretendo ser actriz porque admiro a las mujeres que aparecen en películas y series, como muchos otros las admiran, no porque me muera de ganas de actuar. Me encantaría morirme de ganas de actuar, saber con certidumbre que si no actúo me muero. Pero la verdad es que me da lo mismo. Es aterrador saber que me da lo mismo. Es aterrador el vacío.

Paula se metió en el baño, entrecerró la puerta y se tiró un pedo. La oí reírse, comentar algo que no entendí, abrir y cerrar la canilla. Luego asomó una sonrisa y dijo:

¿Cuál es el plan?

PAULA

Manhattan es una ciudad que se puede recorrer y habitar pero que al mismo tiempo no existe. El Imperio romano resumido en una isla con forma de submarino. Casi ninguna de las personas que pasan caminando o en bicicleta o en auto o en asientos traseros de taxis es lo que supone ser. Ni siquiera Agustina y yo somos lo que suponemos ser en esta ciudad.

Compramos ropa que no sabemos si nos gusta porque al parecer todo lo que Manhattan ofrece es ropa, comida y sirenas que te rompen los tímpanos.

La última noche nos pusimos un pedo bárbaro. Empecé abriendo botellitas de vino y vodka, y terminó Agustina con las de whisky, ron y gin. Me contó el plan. Tan simple que de pronto vi a la viuda de mi hermano como el personaje psicópata de una de esas novelas policiales que leo cuando la literatura se convierte en cucharadas enormes de dulce de leche azucarado.

Dos horas antes de que sonara el despertador, vomitamos. Yo primero, ella después. Me sentí inmediatamente bien, aunque agotada. Nos cepillamos los dientes con furia mientras hacíamos las valijas. Agustina separó ropa en un bolso y me lo arrojó.

Vamos a dejar las valijas acá en el hotel. Viajamos solo con el bolso. Una vez que pisemos Noha necesitamos movernos con facilidad.

El colectivo es más incómodo de lo que había imaginado. Desde que abandoné el asiento de *business* todo viene siendo incómodo: el taxi al hotel, el cuarto de hotel, el baño del cuarto de hotel, las sillas y mesas de restaurantes donde desayunamos y almorzamos y cenamos. La gente que vive o visita Manhattan acepta la incomodidad a cambio de algo que aún no sé lo que es. No me importa lo que es. No tiene que importarnos, lo más probable es que no volvamos a esta ciudad o país.

La ruta es sinuosa y con desniveles. El movimiento constante me revuelve los restos de borrachera de ayer a la noche. El paisaje es pintoresco, pero tan parecido de kilómetro a kilómetro que al rato deja de ser pintoresco. Una palabra idiota: «Pintoresco».

El sol castiga el pelo de Agustina y del negro prolijo se desprende un azul artificial.

Por eso te teñiste, le digo.

¿Qué?

Antes del estreno de la obra ya sabías que íbamos a venir.

Atrapa su mochila de entre los pies, abre uno de los bolsillos laterales, saca un Twix y me ofrece una de las barritas bañadas en chocolate. Todas las personas que viajan con nosotras fracasaron de una u otra manera.

AGUSTINA

Nos hospedamos en el Residence Inn by Marriott. Las habitaciones salían un tercio que las de Manhattan, por lo que alquilé dos por tres noches, aunque la idea era quedarnos no más de una.

Nos pasamos las horas inmediatamente posteriores al *check-in* flotando en la pileta y empalagándonos con *shrimp cocktails*. Paula nadaba dos largos, salía de la pileta, clavaba un camarón en la salsa, se lo metía en la boca, volvía a la pileta, nadaba dos largos y de nuevo enfilaba hacia los camarones.

No sé por qué pensaba que cuanto más cuesta arriba se nos hiciera llevar el plan adelante mejor nos iba a ir. Como si el hecho de no tener auto, por ejemplo, de andar caminando por las afueras de Noha comprando bidones de nafta, le diese al crimen un color absurdo que iba a complicar a la policía en la búsqueda de coherencia.

¿Los viste?, le dije a Paula apenas entró en mi cuarto.

Sí, dijo.

¿A los tres?

Eran tres. No sé si los mismos. Estaban sentados en la vereda, tomando cerveza. No paraban de reírse de algo.

Tiró las fotos sobre el colchón: los tres hijos de puta en sus sillas de playa, sosteniendo latas de cerveza, viviendo la misma vida de siempre. Me arrepentí de haber tardado tanto en venir a buscarlos. Aunque en realidad no venía a buscarlos, venía a prenderlos fuego, a mostrarles en vida el infierno que los esperaba.

¿Pudiste ver la gomería?, le dije.

Les pregunté por la llanta Goodyear, el modelo que me pasaste. Les dije que era de Brasil, que tuve problemas con el auto camino a Boston. Tenías razón: una sola puerta. Al lado hay una especie de cocina y atrás creo que una oficina, uno de los tres fue a buscar este panfleto. Pero la gomería tiene una sola puerta que cierran con candado.

Examino el panfleto y enseguida me doy cuenta de que no hay nada en ese pedazo de papel mal impreso que nos sirva.

Me pasé toda la noche repitiéndome que dormir era esencial, que al día siguiente tenía que estar descansada, chequeando mi celular y sorprendiéndome de que había pasado una hora desde la última vez que lo había chequeado. A las siete de la mañana me di por vencida y bajé a desayunar. Encontré a Paula en una de las mesas, estudiando la laptop nueva que le había comprado en el Apple store del Soho.

Es una maravilla, dijo. La batería dura un siglo. Y el Word de Mac es prácticamente idéntico al de Microsoft. Aunque me preocupa la cantidad de aplicaciones que tiene. No sé usarlas. No sé si soy capaz de aprender a usarlas.

Usá lo que te sirve y al resto no le des bola, le dije.

Me serví un cucharón de huevos revueltos, dos tiritas de panceta, dos tostadas que unté con manteca, una manzana, y al sentarme me di cuenta de que no tenía hambre.

Les pedí que te sirvan café, dijo Paula.

Gracias.

¿Colgaste el cartelito de «No molestar»?

No.

¿Querés que vaya a colgarlo?

No creo que entren a limpiar a las siete y media de la mañana.

Una aplicación sirve para leer libros, dijo. Libros electrónicos. Los venden a diez dólares cada uno, pero no encuentro muchos en español, y tampoco tengo tarjeta de crédito.

Tal vez sea mejor esperar a mañana, le dije. Tomarnos el día. Descansar. No pegué un ojo en toda la noche.

¿Quién te asegura que esta noche lo vayas a pegar?

Acomodé una tirita de panceta sobre la tostada y una montaña de huevos sobre la panceta.

¿Vos cómo dormiste?, le pregunté con la boca llena, con huevo colgándome del labio inferior.

Mejor que nunca, dijo.

VERÓNICA

Dejé mis cosas en el hotel, dice Agustina.

¿Qué cosas?

Nuestras valijas. Las dejamos en el hotel, cerca de Central Park, antes de viajar a Noha. Pero no me animé a ir a buscarlas.

Aunque aún no sé del todo lo que pasó, me sorprendo comentándole que si no va a buscar sus cosas al hotel van a sospechar, que dejar esas valijas ahí tanto tiempo va a terminar llamando la atención.

Puede ser, dice.

Te acompaño. ¿Tenés el tíquet?

Creo que sí. Pero no te quiero meter en quilombos. Ya es bastante con estar acá, cuando es probable que me anden buscando.

Desde la llamada de Paula me pregunto cuánto puede relacionarse alguien con sospechosos de un crimen antes de volverse cómplice. Abro una botella de vino tinto caro que mis agentes me mandaron de regalo de cumpleaños y sirvo en dos copas baratas que vinieron con el departamento. Agustina vacía su copa de un trago. Mientras le vuelvo a servir, le explico que el vino es carísimo, que conviene disfrutarlo, sentir los distintos sabores.

El plan era muy simple, dice. Pensé en varios planes posibles, pero el más simple era el mejor. Las dos veces que pasamos por la gomería con Juan los vimos sentados en sillas de playa tomando cerveza. Siempre lo mismo: sentados en esas sillas sosteniendo latas que sacaban de una heladerita portátil, como tres jueces destinados a sentenciar el pueblo entero. Nos miraron. Todos nos miraban en ese pueblo de mierda.

El entusiasmo en la calle (aunque tengo las ventanas de doble vidrio cerradas) le quita dramatismo al momento y me permite clavar un tenedor en la *cheesecake* y saborearla mientras escucho a Agustina.

Paula llevó el bolso con los bidones de nafta hasta el estacionamiento de un Best Buy que queda cerca de la gomería, dice. Yo fui por otro camino con el resto de las cosas en una mochila.

¿Qué cosas?

Nos encontramos en la esquina de la gomería a las tres de la tarde. Por suerte era un día oscuro. Como había supuesto, no había gente en la calle. Nos acercamos a la gomería por el lado opuesto.

¿Opuesto a qué?

Al árbol. Los tres hijos de puta se sentaban mirando un árbol inmenso. Nosotras nos acercamos por el otro lado, cargando los bidones, los fósforos, el candado.

¿Qué candado?

Había dos. Dos hijos de puta. El que había matado a Juan no estaba. Le dije a Paula que lo mejor era suspender, pero me miró como si le hubiese confesado que la asesina de Juan era yo.

AGUSTINA

Volvamos mañana, le dije a Paula.
Esperemos, dijo. Tal vez esté adentro.

Es un peligro esperar. Nos pueden ver.

No estamos haciendo nada.

Pero vamos a hacerlo. Y cuando la policía pregunte, alguien va a comentar sobre las dos extrañas a pocos pasos de la gomería.

Es tu plan, Agus.

Sí, y me empiezo a dar cuenta de que es un plan de mierda.

No hay nadie en la calle. Esperemos un poco.

Hay ventanas.

¿Por qué no dijiste algo antes?

¿Cuándo?

No sé. Antes. Podríamos haberlo planeado mejor.

No hay mejor, dije.

Siempre hay mejor, dijo.

PAULA

La cazo de la muñeca y la arrastro al garage de una casa deshabitada, aunque es difícil afirmarlo porque gran parte de este pueblo parece deshabitado. Nos ocultamos entre la pared del garage y una hilera de arbustos que no podan hace rato. Agustina busca las fotos que yo saqué ayer de su cartera y apoya el índice sobre el hijo de puta que hoy anda desaparecido.

El que mató a Juan es el más flaco, dice.

Me siento sobre uno de los bidones y esa altura me permite ver parcialmente a los hijos de puta a través de un hueco en los arbustos.

Vamos ahora, le digo.

Hay que esperar al otro.

No, aprovechemos. Ya deben estar en pedo.

Esos tipos no se ponen en pedo.

Un pedo suficiente para que tarden en reaccionar. Es todo lo que necesitamos. Yo me meto con los bidones, vos quedate acá con el candado, lista.

Hay que esperar al otro, me dice.

VERÓNICA

Me empecé a dar cuenta de que no quería hacerlo, dice Agustina. O sí quería hacerlo, pero me preocupaba no ser capaz. O no, me preocupaba que saliera mal, que nos agarrasen, terminar en la cárcel. No sé por qué no había pensado en la cárcel. Mi venganza no se relacionaba lo más mínimo con la cárcel. Pero de pronto, ahí, tras los arbustos, mirando a los dos hijos de puta, esperando que apareciera el tercero, el más flaco, empecé a preguntarme cosas como: «¿a qué cárcel me van a mandar, a la de hombres o a la de mujeres? Y quería hablarlo con Paula, pero no podía hablarlo, no encontraba la forma. Tampoco creo que Paula me hubiese escuchado. Estaba decidida. Cagada hasta las patas, pero decidida, convencida, no se iba a ir de Noha sin prenderlos fuego.

AGUSTINA

Siempre supe que Paula se me iba a ir de las manos. Es probable que la haya llevado a Noha con la sola intención de que se me fuera de las manos. Porque en alguna parte, una parte asquerosamente consciente, sabía que en el último momento me iba a arrepentir.

El cielo se cubrió de nubes grisazuladas y, aunque eran las cuatro y media de la tarde, se hizo de noche. La gomería cerraba a las cinco según Google. Me sorprendió que tuviera cuatro estrellas de calificación; setenta y seis votos.

Mi obra de teatro tenía tres estrellas y media en *Guía La Nación*; diecinueve votos. Debería haber terminado con los compromisos de la obra. Quedé como el culo con el teatro y los actores. Me fui de Buenos Aires sin decirle nada a nadie, y no volví a entrar en mi cuenta de mail, y mi celular argentino se mantuvo apagado.

Estaba claro que el tercer hijo de puta no iba a aparecer.

No hay apuro, le dije a Paula. Volvemos mañana. Miércoles. Van a estar acá.

¿Y si alguien nos vio…?

Nadie nos vio.

¿…y le cuenta a alguno de los tres hijos de puta que nos vio y mañana nos están esperando?

Nadie nos vio. Y si nos vieron no vieron más que a dos mujeres dando vueltas con un bolso y una mochila.

¿Por qué hacés esto?, dijo.

PAULA

Me dan ganas de borrarle el gesto de vacilación de un sopapo. Por esto no llegaste a nada, pienso en decirle. Porque en los momentos decisivos arrugás, se te esconden los huevos.

Los bidones están cerrados adentro del bolso, pero en la brisa se siente un leve vaho a nafta.

Son las cuatro y cincuenta, dice Agustina. En diez minutos cierran. No va a venir.

Me gustaría tener todas las copias de *El milagro*, las vendidas y las por vender, y usarlas de alimento para el fuego. Quitarle al mundo la posibilidad de disfrutar de mi novela. Un texto arruinado por la insistencia de una abuela que sabía menos de literatura de lo que yo sé de los huevos de Agustina, o de cualquier par de huevos, los de los hijos de puta que siguen sentados en sus sillas baratas tomando cerveza.

Hace casi media hora que estamos acá y no vino ni un cliente, le digo. Es buena señal. No sabemos qué va a pasar mañana. Tal vez haya un solo hijo de puta. Alguien comprando llantas. Al menos el que no vino se va a quedar sin gomería, sin socios. Y podemos mandarle una carta escrita con letras cortadas de revistas diciéndole que él es el próximo. Cagarle la vida. Que le dé miedo salir a la calle.

Juan no puede salir a la calle, dice Agustina.

¿Qué?

Juan no puede salir a la calle.

MATTHEW

Ralph parece feliz de tenerme de *roommate*. Estos últimos días viene levantándose temprano y de buen humor y desayunamos café negro con huevos duros porque a ambos nos da fiaca hacerlos revueltos y un jugo de pomelos exprimidos que robamos del *deli* de acá a tres cuadras que comete el error de dejar los cajones de fruta en la vereda sin supervisión.

Duermo en el suelo del living en un colchón que le pedí prestado a Jake o mejor dicho a Juliet porque todo lo que Jake tiene en realidad es de Juliet.

Caminamos juntos a la gomería y llegamos temprano y sacamos las sillas a la vereda y metemos hielo en la heladerita y latas entre el hielo y nos sentamos a esperar a Jake, que últimamente llega quince minutos tarde porque Juliet lo obliga a arreglar cualquier cosa que funcione mal en la casa ya que dice que no están para gastar en *handymen*, aunque la verdad, según Jake, es que viene ahorrando para hacer un viaje a Disney en el verano.

Desde que Celia me echó a patadas Billy no nos visita. A las cinco camino a la casa que por el momento es la de Celia y Billy y me quedo un rato con mi hijo aunque no es mucha la atención que me presta.

Te entiendo, le digo, pero esta situación no va a durar para siempre. Tu madre se enojó conmigo.

¿Por qué?

Ya te dije mil veces que no tiene que preocuparte eso. Nada grave. Ya se le va a pasar.

Quiere decirme algo pero no se anima y las orejas se me encienden como si alguien me hubiese tirado de los lóbulos un rato largo.

¿Qué te dijo tu mamá?, le pregunto.

Nada.

¿Escuchaste algo? ¿La escuchaste hablando con la tía Juliet?

No, dice pero su rostro me responde que sí.

Tengo ganas de clavarle los pulgares en los ojos y hundírselos aunque sé que Billy no es culpable de nada pero esos ojos que son parcialmente los de Celia de pronto me resultan repulsivos. Lo atraigo hacia mí y lo abrazo y me abraza y le digo que todo va a estar bien, que no le haga caso a mamá porque está enojada y la gente enojada es capaz de inventar cualquier cosa.

Oigo las puertas de calle abrirse y cerrarse, la que tiene el mosquitero y la otra, la común. Oigo a Celia dejar algo pesado en la mesada de la cocina y los pasos rápidos que vienen hacia nosotros.

VERÓNICA

El celular suena y veo que se trata del *network*, pero no atiendo porque Agustina acaba de ocultar sus manos bajo sus muslos para evitar que las vea temblar.

Me tranquilizó saber que ya casi era la hora de cierre, dice. No nos quedaba mucho tiempo. Ya no tenía que convencer a Paula de esperar al tercer hijo de puta, íbamos a posponer porque no nos quedaba otra.

Levanta a Quique de las axilas, pero el perro se pone nervioso y se lanza de cabeza al suelo. Pretende acercar la copa de vino a su boca, pero la mano le tiembla y la vuelve a dejar sobre la mesa.

Le cagué la vida, dice. Todo lo que hice en Buenos Aires por cuidarla no fue más que un pago anticipado por cagarle la vida. Usé la vida de Paula para vengar a Juan.

AGUSTINA

Entendí que, si me negaba una vez más, Paula iba a cazar los bidones y los fósforos y correr hacia la gomería. Cada uno de los detalles que formaban su rostro me permitía entenderlo.

Vamos al hotel, le dije, y giré dándole la espalda. Darle la espalda fue el último empujón.

PAULA

No me ven entrar en la gomería. Creo que no me ven. Me arrodillo tras una mesa con herramientas y me asomo: siguen sentados en sus sillas con sus latas de cerveza contemplando en silencio el jardín de la casa de enfrente. Desparramo nafta sobre llantas, paredes, herramientas y tres pilas de panfletos descoloridos. Me escondo tras la porción de pared a la izquierda de la entrada, o a la derecha si miramos la entrada desde adentro; es decir, si consideramos la entrada como salida.

Imagino a Agustina corriendo hacia el hotel. Corriendo no, caminando rápido, intentando pasar desapercibida, sosteniendo el candado que debía sepultar a…

Oigo un ruido. ¿Dónde? Acá, en la gomería. ¿Dónde? Algo se mueve tras una hilera de llantas. Ratas, pienso, y por un momento me produce más terror tener que enfrentarme a una rata viva que prender fuego a los hijos de puta.

Espero. Me doy cuenta de que en la mano derecha tengo los fósforos. No oigo nada, ni pasos acercándose, ni la rata tras la hilera de llantas, ni mi corazón en la sien izquierda, ni la respiración forzada de Agustina escapando al hotel.

Me arrepiento de haberme escondido tras esta porción de pared, la otra está más cerca de los arbustos que me separan (ruego al cielo) de Agustina y el candado.

(Que el cielo se vaya a la concha de su hermana).

No hay vuelta atrás, ya desparramé la nafta. Prendo uno de los fósforos y enseguida se me prende la mano derecha. La sacudo pero no se apaga, soplo, me siento una idiota, hasta que al final me froto la mano contra la tela del jogging que Agustina compró especialmente para que pudiéramos movernos con facilidad a lo largo y ancho del plan. Me seco las manos lo mejor que puedo, prendo otro fósforo y arrojo la pequeña llama en dirección a los panfletos.

No veo la explosión de fuego porque estoy corriendo hacia los arbustos, hacia el deseo de que Agustina no se haya ido. Oigo a los hijos de puta, que gritan «Fuck!», se ponen de pie, el metal de las patas de las sillas de playa lastimando la vereda.

Agustina sigue quieta en el mismo lugar sosteniendo el candado, la boca ligeramente abierta. Le sonrío, pero me doy cuenta de que no me mira, y entonces giro para ver lo que ella mira: los dos hijos de puta corriendo hacia la gomería gritando «Fuck fuck fuck!».

Ahora, le digo, pero no reacciona. Ahora o nunca.

AGUSTINA

No me podía mover. *Quería* moverme, pero el cuerpo no me reaccionaba. Tal vez quería querer, pero no quería del todo. Le ofrecí el candado a Paula, y no tardó en quitármelo de las manos y enfilar de vuelta a la gomería. La oí cerrar la puerta y los gritos desesperados de los hijos de puta.

PAULA

Cerrar la puerta es más fácil de lo que imaginaba. Solo tengo que tirar de una soga que se asoma arriba al centro y la puerta baja sin resistencia. El candado calza a la perfección. Clic. Pero luego otro clic me endurece la espalda. La vecina de enfrente, a la que ayer vi regando las plantas y el pasto de su jardín, me apunta con una escopeta.

Verónica

Me quedé esperando, dice Agustina, pero no venía. Y empecé a oír los gritos de los hijos de puta. No ya gritos de bronca, sino de desesperación. Y luego oí a Paula decir en inglés: estoy sola, no dispare, estoy sola, a alguien que yo no podía ver. Y me di cuenta de que me lo estaba diciendo a mí. Que al decirle a quien sea que estaba sola me estaba pidiendo que rajase.

Paula

La señora marca el número de los bomberos, o la policía, o el 911, sin dejar de apuntarme. Los hijos de puta golpean contra la puerta, sacudones cargados de desesperación y miedo. Los gritos se convierten en tos.

Un humo negro con olor a goma quemada. Pienso en las ratas retorciéndose, chamuscadas, corriendo de un lado al otro sin entender el súbito cambio de temperatura en un espacio del que ya se creían dueñas, del que ya se creían conocerlo todo.

La señora se acerca a la gomería, sin dejar de apuntarme, e intenta abrir el candado. No puede. Me pregunta si tengo la llave. No le contesto. No sabe qué hacer. Luego gira, apunta al candado y dispara. Pifia. Dispara otra vez y el candado revienta. La señora se apura a abrir la puerta.

No quiero ver lo que hay del otro lado. Corro hacia la calle en la dirección opuesta de los arbustos, y me pregunto por qué esperé a no querer ver lo que hay del otro lado de la puerta para empezar a correr.

Ruego que Agustina esté en el hotel. No, no puedo volver al hotel. Estoy jodida, me vieron. Pienso que tal vez haya tiempo para tomar un colectivo hasta Manhattan, directamente al aeropuerto, y subirnos a un avión antes de que…

Me detengo. Por alguna razón, lo único que tiene sentido es detenerme.

AGUSTINA

No sé cómo hice para retener el llanto que me atragantaba al cruzar el lobby del hotel, subir en el ascensor con dos extraños de traje y recorrer el pasillo poblado de mucamas hasta mi cuarto. Cerré la puerta y dejé que el llanto explotase.

Me apuré al baño, destapé el inodoro y vomité una cantidad absurda de comida sin digerir. La confusión al ver los pedazos de alimento flotando me cortó el llanto. Me lavé la boca, la cara y las manos, pero como no me pareció suficiente me pegué una ducha.

Luego me senté en la cama a esperar. Tenía unas ganas tremendas de llamar a mis viejos. Me indignó necesitarlos en semejante momento, darles tanta importancia. Imaginé la sonrisa de papá al recibir la llamada, su gesto patético al preguntarme si todo estaba bien:

No te preocupes, hija, acá estamos, te vamos a ayudar.

VERÓNICA

Mi intención era esperar a Paula, dice Agustina. Aunque sabía que no iba a venir. Sabía que le había cagado la vida, como supuse desde el principio. No, no lo supuse, era mi *intención* desde el principio. Pero entonces me pregunté qué gran vida era esa que se había cagado. ¿Qué gran vida tenía Paula? Al menos la había ayudado a darle un sentido. Le había permitido vengar a Juan, su hermano.

¿Cuánto tiempo la esperaste?

Varias horas. Hasta la noche. Después metí mis cosas en el bolso y me fui.

¿Hiciste el *check-out*?

No.

¿Por qué?

Porque me iban a preguntar por Paula.

¿Habían hecho el *check-in* juntas?

Juntas pero por separado, cada una en su cuarto. Aunque las dos usamos mi tarjeta de crédito, porque Paula no tiene. Y nos vieron entrar y salir juntas, desayunar juntas, nadar juntas.

¿El hotel tiene pileta?

Sí.

¿Cómo se llama?

Residence Inn.

Ahí nos quedamos con Laura. Cuando fui a ver a Paula a la prisión.

¿Cómo está?

Bien. Acusada de triple homicidio, pero bien. Sana.

¿Triple?

Asiento.

No puede ser, dice.

¿Qué cosa?

Eran dos. Los hijos de puta en la gomería eran dos. El tercero nunca apareció.

Tal vez estaba adentro.

¿En las noticias no dicen nada?

La última vez que me fijé, no. Cuentan lo que pasó, pero sin nombres.

Traete la compu.

Lo más probable es que la policía haya llegado al Residence Inn. Seguro que saben que Paula estaba con vos. Te deben estar buscando.

No me buscan a mí. Buscan a Agustina.

¿Qué?

No me buscan a mí.

MATTHEW

El colchón en el suelo duro funciona mejor que sobre el mueble con base de alambres y resortes o franjas de madera. La persiana de una de las ventanas de este living con olor a años de comida recalentada en microondas no cierra del todo bien y el sol incansable me da en la cara. Lo único que tengo que hacer es correr el colchón o ubicar la cabeza donde ahora tengo los pies pero no lo corro ni me muevo.

Ayer no fui a trabajar y hoy tampoco. Ralph me preguntó qué me pasaba y le dije que me agarró algún tipo de virus estomacal y me amenazó con azotarme si encontraba una gota de vómito en cualquier parte de la casa que no fuese el inodoro.

Voy al baño a lavarme la cara pero no me la lavo y hago pis sin levantar la tabla y pienso en tirar la cadena pero no la tiro y tampoco limpio las gotas que mancharon la tabla.

Salgo a la calle y avanzo dos cuadras y me detengo y avanzo y me detengo y avanzo. El sol existe en Noha al igual que en las ciudades más opulentas del mundo. Camino a casa con la sensación de que me acerco a lo de un desconocido. Preferiría estar borracho y no espantosamente sobrio como me encuentro aunque sé que es difícil que me emborrache excepto que tome algo con mucha mayor graduación alcohólica que cerveza y en grandes cantidades. Quiero que Celia me vea llegar completamente borracho y entienda que es todo culpa de ella y de su exageración y de la exageración de Juliet y de este pueblo, que no le permite a una persona tener un secreto.

Abro las dos puertas y las cierro con la intensidad necesaria para que sepan que alguien se metió en la casa. La heladera está vacía de cerveza. Prendo la luz aunque no es necesario que la prenda y la apago y la prendo y la apago y la prendo y la apago y la prendo hasta que Celia aparece con su cara y pelo de recién levantada de la siesta y me pregunta qué mierda hago. Le digo que estoy entrando en mi casa y prendiendo y apagando la luz de la cocina de mi casa. Gira para volver a la cama pero le pido que espere y espera y me apuro hacia ella, que se cubre la cara con las manos convencida de que voy a trompearla. La abrazo con todas mis fuerzas y siento su cuerpo flojo y detesto con el alma la flacidez pero no la suelto.

Billy hace una semana que no viene a visitarme, le digo.

Me dijo que no quiere. Le pregunté varias veces si quería que lo llevase a lo de Ralph a verte y me dijo que no. Siempre que no.

Voy a hablar con él, digo y la suelto y espero que sus huesos se desmoronen sobre el suelo.

No, dice, dejalo. Está con su juego. Tiene un amigo nuevo.

¿Está en su cuarto con un amigo?

No, el amigo no está en el cuarto. No sé dónde está.

Enfilo hacia Billy pero ella se apura y se ubica ante la puerta cerrada.

Voy a verlo, digo.

No.

Ya pasaron varios días. Podrías empezar a perdonarme.

¿Fuiste al médico?

No. ¿Para qué?

No molestes a Billy.

Es mi hijo.

Comportate como un padre entonces.

¿Qué significa eso?

Si no lo entendés por tu cuenta…

No me voy a ir hasta verlo, digo y empiezo a caminar de una punta a la otra del pasillo como un guardia protegiendo la puerta de uno de esos políticos que por alguna razón hay que proteger con la vida.

Le conté, dice.

¿Qué cosa?

Que te gustan las putas con pene. Que preferís más a esas putas que a nosotros. Que estás enfermo y en cualquier momento…

Le encajo una trompada y me parte el alma haber sentido su pómulo blando en mis nudillos. Me mira con miedo o sorpresa y se toca el ojo abollado y cae de rodillas y apoya ambas manos en este suelo que ella misma limpia (al principio todos los días, luego una o dos veces por semana) y no llego a entender lo que pasa cuando me clava los dientes en la pantorrilla izquierda. Le pego con la palma en la parte alta de la cabeza pero no me suelta. Le tiro del pelo y tampoco me suelta. Entonces le grito que estoy enfermo, que tiene razón, que morderme es sumamente peligroso, y destraba la mandíbula y se examina la boca en busca de sangre. Le digo que es mentira, que no estoy enfermo, que nunca en la vida me enfermé ni me voy a enfermar porque los que se enferman merecen enfermarse. Me mira con rabia. El ojo anuncia un moretón y pienso en ir a sacar hielo del *freezer* y envolverlo en un repasador pero algo en ella me despista.

Gira el picaporte de la puerta de Billy y la sigo porque todo en ella me ruega que la siga. El cuarto aparece vacío y la ventana abierta y de pronto es como que el mundo entero se vació y ya no hay manera de volverlo a llenar.

AGUSTINA

Paula no apareció en toda la noche. Sabía que no iba a aparecer, pero igualmente me quedé sentada en el borde de la cama esperándola.

A las seis de la mañana metí mis cosas en el bolso, me lavé los dientes, me arreglé un poco la cara y el pelo, y bajé a hacer el *check-out* con mi mejor expresión de *acá no ha pasado nada*. El conserje de la mañana no estaba por ningún lado. Me detuve frente al mostrador a esperarlo: un minuto, dos, tres, cuatro… Salí a la entrada del hotel y el encargado del *valet parking* me preguntó si necesitaba algo.

Un taxi, le dije.

¿Ya hizo el *check-out*?

Sí.

Camino a la estación de ómnibus sentía que el cuerpo me pesaba una tonelada. No el cuerpo como masa, no me sentía gorda, sentía que los rasgos que determinan lo que soy pesaban como balcones de piedra a punto de derrumbarse contra la vereda. Pero ¿qué podía hacer? Mucho. Opciones varias que me trompeaban los ojos desde adentro. Opciones detestables. Y tener varias opciones detestables es lo mismo que no tener opciones, o que tener una sola opción, y esa era la que había elegido en el momento que pedí el taxi en el hotel.

Al poner un pie en Manhattan me aterró comprobar que todos los bares y restaurantes que me rodeaban se habían puesto a hervir vegetales. Me aseguré de que la plata siguiese en el bolsillo interior izquierdo de mi campera. Me dije que tendría que haberle dejado algunos dólares a Paula en un sobre en conserjería, por las dudas de que la policía la liberase por falta de pruebas u otro motivo.

Sabía que no iban a liberarla. No, no sabía un carajo. Sí, me dije, hay dos muertos. No le van a dar ni opción de fianza.

Enfilé hacia el hotel convencida de que lo mejor era buscar mis cosas y las cosas de Paula. Pero al llegar a Central Park el convencimiento se me hizo pedazos. Los empleados del hotel ya saben, pensé. La policía de Noha dio la orden de captura y mi foto cuelga en todas las paredes de corcho de la ciudad junto a fotos mal fotocopiadas de *missing children*.

Empecé a alejarme del parque en dirección al East River. La cantidad de gente en apariencia alegre no me permitía pensar con claridad. Al darme de cara con la Segunda Avenida, doblé a la derecha en dirección sur. Quería perderme un rato en el despiole multicultural del East Village. Pero no llegué al East Village.

En la esquina de la Cuarenta y dos, giré como si alguien me hubiese pedido que girase, y vi uno de esos carteles verticales con la palabra HOTEL. Volví a palpar el bulto de dólares en el bolsillo interior de mi campera, y luego me aseguré de tener el portadocumentos con mi pasaporte en la mochila. Había dos pasaportes.

VERÓNICA

Salía del cuarto solo para comprar boludeces básicas en un CVS, dice Agustina. El hotel era tan pedorro que a los conserjes y empleados nada les llamaba la atención. Cada media hora abría

214

el Safari en mi celular dispuesta a googlear noticias de Noha, pero no me terminaba de animar a tipear las palabras. En cambio tipeaba el nombre de Juan. Miraba las pocas fotos de Juan que hay en internet. Intentaba encontrar en esas fotos la justificación a todo lo que había pasado. No la encontré, y dejé de usar el celular. Lo apagué y no volví a prenderlo. Ya no existe. Ni sé dónde lo tengo. Sé dónde lo tengo, pero ya no pienso en el celular. Aunque estoy hablando del celular no pienso en el celular.

¿Llamaste a tus viejos?

No. No hablé con nadie. Sos la primera persona con la que hablo. Me desperté hoy a la mañana con la urgencia de hacer algo, de salirme de la parálisis de ese hotel de mierda. Manhattan no vale tanto la pena como para hospedarse en semejante pocilga.

¿Qué hora es?

Ni idea.

Voy a llamar al abogado de Paula.

Mañana. Llamalo mañana.

El olor fuerte a cebolla y ajo se mete por la ventana de la cocina y se esparce por el departamento.

¿Me puedo quedar?, dice Agustina. Sonrío, pero no le contesto, y no sé por qué sonrío. Laura me dijo que podía quedarme, dice.

¿Cuándo?

Hace mucho. Cuando nos conocimos. Me dijo que si teníamos visitas en nuestro departamento en Tribeca podíamos quedarnos acá un par de noches, en el sofá cama, en este sofá cama supongo.

No tenés visitas, le digo.

No.

Te buscan por asesinato.

No maté a nadie.

¿Estás segura de que Paula no les habló de vos?

Sí. No. No estoy segura.

Quedate hoy. Mañana llamo al abogado.

Gracias.

Si la policía te anda buscando, no es mucho más lo que puedo hacer por vos. Perdón.

Tiempo.

¿Qué?

Dame tiempo. Si la policía me anda buscando, dame un día de ventaja y llamá al 911.

PAULA

Según la policía de Noha, la detenida Paula Solís no sabe inglés más allá de «hello», «yes», «no» y «OK».

El abogado que me mandó Verónica no va a ayudarme. Va a intentar ayudarme, pero no es mucho lo que va a poder hacer. Ni siquiera va a conseguir que me extraditen. La gente de Noha quiere que me pudra en las cercanías. Quiere ver cómo me pudro, días tras día, disfrutar de mi lenta decadencia.

Espero que me traiga los cuadernos que le pedí, y las biromes, y el *Diccionario de la Real Academia*. Me dijo que iba a hablar con Verónica. Me entusiasma esta vuelta forzada al papel.

MATTHEW

No perdemos tiempo en examinarnos ni limpiarnos las heridas, que ya no sangran ni importan. Salimos al porche y ninguno de los dos se preocupa por cerrar las puertas y enfilamos a mi camioneta pero nos detenemos porque hay otra camioneta detrás de la mía. Nos acercamos a esa camioneta que conocemos pero no recordamos de dónde hasta que vemos a Juliet sentada tras el volante.

Celia le pregunta si vio salir a Billy y le informa que se escapó por la ventana de su cuarto y que lo llamamos al celular pero no contesta. Juliet la mira hablar con una expresión de cansancio pero no cansancio por algo que acaba de pasar sino algo que empieza recién ahora. No baja su ventanilla y Celia le pide que la baje pero Juliet abre la puerta y pone un pie en el asfalto. Su cara pasa del cansancio al llanto sin un recorrido, como si fuesen dos caras que un editor de cine principiante pegó a lo bruto. No oigo lo que le dice a Celia al oído pero lo entiendo y me doy cuenta de que lo había entendido antes, cuando enfilé hacia mi camioneta y vi la camioneta de Juliet detrás, o antes aún cuando encontramos el cuarto de Billy vacío y la ventana abierta.

Celia gira y me muestra dos ojos que no entienden y se saca a Juliet de encima con un empujón y da un paso hacia mí y otro paso y sus ojos siguen sin entender y me pregunto qué es lo que no entienden porque si estoy en lo correcto entonces no hay nada que no se pueda entender.

AGUSTINA

Dormí nueve horas de un tirón. Al despertar encontré una nota de Verónica que decía que se había ido al *writers room*, que había café con achicoria preparado, que si no me gustaba había una lata de Folgers en la alacena, pero que la prensa francesa era un quilombo de usar, que gastase todo el Folgers que quisiera hasta que me saliese como me gustaba. Me serví café con achicoria en una taza, una cucharada de azúcar y lo probé. No sentí ningún sabor que pudiese identificar como achicoria.

El departamento era un poco menos incómodo que el que alquilábamos con Juan en Tribeca. Las pertenencias de Verónica desparramadas, pero no en el suelo, un desorden acomodado en sillas, sillones, roperos y cama.

Volví a la cocina y me senté en la mesada a terminar el café. Del otro lado de la única ventana había una pared de ladrillos. Pensé que eso me merecía de ahí en más: solo ventanas que dieran a paredes de ladrillo.

Un olor lejano a ajo y cebolla arruinaba el café. Lo tiré en la pileta. Luego limpié la pileta con la esponja, y continué con la mesada, y ya no pude parar hasta limpiar y ordenar todo el departamento.

Matthew

Ya es de noche cuando Randy viene a buscarnos y nos pide que vayamos con él. Le digo a Celia que se quede, que yo voy, que no es necesario que vayamos los dos, pero no me presta atención.

En la patrulla nadie habla. Trato de no pensar en lo que vamos a encontrar cuando lleguemos a la morgue pero no solo no evito pensarlo sino que es en lo único que pienso y en lo único que piensa Celia y el mundo entero, millones de personas imaginando lo inimaginable que en realidad es completamente imaginable y por eso mismo horroroso y estúpido e insolente.

Me sorprende que Celia se baje de la patrulla al mismo tiempo que Randy. Tardo un momento en abrir mi puerta y no sé si lo tardo porque realmente dudo en bajar o porque quiero que Celia me vea dudar y sienta que ella también debería haber dudado.

La poca gente que va apareciendo evita mirarnos. Randy abre una puerta y nos pide que entremos y entramos y nos recibe un empleado de la morgue con su delantal blanco y unas Crocs verdes sin medias y me parece una falta de respeto que no se haya puesto medias sabiendo que veníamos y que él iba a mostrarnos lo que supongo que está a punto de mostrarnos. Nos lleva hacia una pared hecha de puertas de metal cuadradas y se arrodilla para abrir una de las de más abajo. Lo primero que pienso cuando desliza la camilla fuera del hueco es que todo el lugar huele a laboratorio abandonado aunque nunca estuve en un laboratorio abandonado o sin abandonar. Luego siento un alivio gigante al comprobar que lo único que Randy y el tipo del delantal blanco querían mostrarnos es el bulto carbonizado de un perro grande.

Celia explota en llanto y se cubre la boca con ambas manos pero gotas espesas de vómito se le escurren entre los dedos. Vuelvo a mirar el bulto y me despista descubrir que el perro quemado tiene puesta una zapatilla Nike que si no recuerdo mal robé del *outlet* de Poughkeepsie.

VERÓNICA

El episodio seis resbala por un tubo enmantecado. Nos confunde la facilidad con la que nos deslizamos por el segundo acto y entramos en el tercero. Nos damos cuenta de que necesitamos el fracaso, poder gritarnos a la cara nuestras carencias, chillar barbaridades en contra del *network* y su pasión antiartística. No disfrutar del fracaso nos hace dudar de cada paso que damos.

Caminando de vuelta a casa, me doy cuenta de que extraño a Laura como nunca antes. Me entran ganas de llamarla y putearla por haber agarrado el comercial, pero no la llamo. Tampoco la llamé para contarle de Agustina. No entiendo del todo por qué no la llamé.

Mientras subo las escaleras, imagino a Quique mordisqueándole el pescuezo a Agustina. Abro la puerta y el perro se me viene encima e intenta treparme por las piernas.

Hola, le digo. Tranquilo. ¿Cómo la pasaron?

Agustina se ríe de algo que mira en la tele. Ya me acostumbré a su cabeza rapada, al punto de que no concibo otro corte de pelo para ella. Siento un leve olor a pochoclo, y luego veo el *bowl* vacío excepto por las bolitas de maíz duro en el fondo.

¿Todo bien?, le pregunto.

Comí unos pochoclos. Los únicos que quedaban. Perdón.

No hay problema.

¿Cómo te fue a vos?

Bien.

Me siento en el sofá junto a ella, y Quique salta y se acuesta en el medio, asegurándose de que haya al menos unos cuantos centímetros de distancia entre Agustina y yo.

¿Hablaste con el abogado?, me pregunta.

Sí. Pero estaba ocupado. Quedó en llamarme antes de las ocho.

¿Qué hora es?

Ocho menos diez.

En la tele un episodio de *Friends*. Phoebe intenta enseñarle francés a Joey pero el actor italoamericano no consigue repetir las palabras más simples. Me llama la atención que el *sketch* sea tan poco gracioso. Siempre consideré *Friends* una serie excelentemente escrita, dentro de los límites de excelencia a los que se puede aspirar en una *sitcom* de canal de aire de veintipico episodios por temporada.

Necesito comer algo, digo. Acá abajo venden sándwiches de *falafel*. ¿Qué decís?

Dale.

¿Dos para cada una?

Como te parezca.

¿De tomar?

AGUSTINA

Cuando Verónica volvió con los sándwiches y las *root beers*, presentí que algo había cambiado. Dejó la bolsa de papel madera y los vasos sobre la mesita ratona frente al sofá, me pidió el control remoto y apagó la tele. El perro olfateaba la bolsa como un adicto en abstinencia al que le acababan de insinuar que en aquella bolsa estaba el remedio que curaba los temblores, el dolor corporal y la migraña.

Habría pagado fortunas porque mi tragedia hubiese sido la adicción a una droga fuerte. Esperar sentada que Laura y Paula llevasen a cabo la *intervention*. Oír cuánto me querían, y cuánto sufrían viéndome arruinar mi vida, el suicidio lento o no tan lento al que sometía a mi cuerpo.

Hablé con el abogado, dijo Verónica. Efectivamente hay tres muertos.

Una sensación de gozo y paz casi me pone de pie. Agarré uno de los vasos y tomé un trago de esa gaseosa con gusto a Listerine.

Un nene, dijo. El hijo de uno de los empleados de la gomería.

Se había escondido, parece. No entendí bien esa parte. Creo que Jonas tampoco la entiende. Paula está muy complicada.

Lo primero que me dije al oír la palabra «nene» fue que yo no había tenido nada que ver. Luego entendí que habíamos hecho todo mal.

Jonas supone que el pedido de extradición va a ser denegado, dijo. Paula va a ir a juicio allá en Noha. A no ser que se declare culpable. Me parece que Jonas le va a recomendar que se declare culpable. Dice que puede hacer un trato. Menos años en cana. Aunque igualmente van a ser muchos.

No, le dije, tiene que ir a juicio. El nene fue un accidente. Y los otros dos hijos de puta merecían morir. Tu abogado tiene que explicarles.

No es mi abogado, es el de Paula. Y ella no tiene un mango. ¿Sabés lo que va a salir preparar el juicio?

Los sándwiches de *falafel* nos arrojaban un olor fuerte a zapallo hervido. Le pedí a Verónica que se llevase la bolsa a la cocina y por suerte me hizo caso. Aproveché los segundos en soledad para golpearme los muslos y repetirme que la muerte del nene no había sido mi culpa. Cuando volvió me dijo lo que sabía que iba a decirme:

Te tenés que ir.

MATTHEW

El entierro de Billy se diluyó con el de Jake y Ralph. Celia hizo todo lo posible por otorgarle la cualidad de *único* pero la gente que vino a despedir a Billy y ofrecernos condolencias también vino a despedir a Jake y Ralph y ofrecer condolencias a sus familias.

En casa servimos *finger food* en los pocos platos que nos quedan y lleno la heladera de cerveza. Los vecinos no tardan en devorarlo todo y emborracharse mientras charlan de eventos que no tienen nada que ver con Billy y su infierno.

Celia se comporta como la mejor anfitriona, ayudada por Juliet y Cathy y James y una tía de Ralph que vino de no sé dónde. Cuando le digo algo me responde con monosílabos y si no termino de entender lo que me dice se lo repito y vuelve a responderme con monosílabos. Al rato dejo de decirle cosas y me siento entre la selva de pasto que es nuestro jardín en una de las sillas de playa que traje de la gomería a vaciar cinco latas que acomodo en fila a diez centímetros del apoyabrazos derecho.

Termino de vaciar la cuarta lata cuando Randy clava otra de las sillas de playa a mi lado y se sienta y me felicita por el jardín y se ríe y me río y le digo que nos cuesta una fortuna mantenerlo tan prolijo y verde.

La mujer a la que agarramos es la hermana del extranjero que murió en el motel de Carl, dice.

No la agarraron ustedes, le digo. Fue la vieja Almeida. Nunca hubiera imaginado que tuviese una escopeta, y menos que supiese usarla.

Stu quiere reabrir el caso.

¿Qué caso?

El del extranjero asesinado en el motel de Carl.

Fue un intento de robo.

Nunca agarramos a los culpables.

No hay culpables.

La mujer vino desde Argentina a prenderlos fuego. ¿Me vas a decir que se trata de una coincidencia?

No, digo y Randy gira para mirarme pero permanezco con los ojos en una abeja que intenta aparearse con una de las pocas flores que crecieron de suerte en estos pastizales y le digo lo mismo que le dije hace tiempo: El travesti nos vio. Piensa que fuimos nosotros. No sé por qué. Tal vez los ladrones se parecían a nosotros. Tal vez para los latinos somos todos iguales, así como los asiáticos para nosotros son todos iguales.

Me parece que el travesti vino también. Se hospedó en un hotel con la mujer que tenemos en custodia. Pero lo perdimos.

¿Lo están buscando?

Sí.

No lo busquen.

Es cómplice del asesinato de Billy.

No. Billy se había ocultado. Quería mandarnos un mensaje. Fue un accidente. Nadie es culpable de su muerte. Excepto Celia y yo. Pero más que nada Celia.

La acusada dice que fueron ustedes. El travesti dijo que fueron ustedes. Stu dice que...

Stu no sabe un carajo. Nadie sabe un carajo. ¿Qué es lo que quieren: acusarme del asesinato de alguien que no importa lo más mínimo? ¿Ahora? Luego de perder a Billy, quieren intentar mandarme a la cárcel. Estaba cerrado el caso. Manténganlo cerrado. Más cerrado que nunca. La muerte de Billy cerró todos los casos de la historia de Noha. Ya no hay nada para investigar. Dejen al travesti en paz. Dejen a Celia en paz. Ella no estuvo con nosotros en la gomería aquella tarde. Es cómplice. Te mintió. Mintió porque se dio cuenta de que no teníamos coartada. Pero eso no quiere decir que hayamos matado a nadie. Fue un accidente. Un intento de robo. No hay culpables. Hagan lo que quieran con la mujer que prendió fuego la gomería. Fríanla en la silla eléctrica.

¿Celia es cómplice?

Sí. ¿Por qué no vas y la arrestás?

Verónica se dispuso a acompañarme a buscar un taxi, pero al llegar a planta baja se arrepintió, me pidió disculpas y corrió de vuelta a su departamento.

Pasé por el hotel frente a Central Park. Cuando le ofrecí el tíquet al conserje, no dudó en quitármelo y entregárselo a uno de los botones. Tardó un siglo en volver. Al menos doce personas entraron con sus valijas y se acercaron al mostrador y luego subieron a sus cuartos. La gente a mi alrededor se había empapado en *Remolacha Hervida* by Chanel. El botones volvió con un gesto de desesperación y le dijo al conserje algo al oído. No esperé que me miraran, enfilé a la salida y cuando uno de los empleados me abrió la puerta corrí hacia al parque y no me detuve hasta perderme entre turistas.

El *lounge* de *business* reventaba de gente. Me serví medio vaso de Glenlivet, me senté en una de las pocas sillas libres y saqué la laptop de Paula del bolso. En el *desktop* había un solo archivo titulado «Nuevo». Abrí el Safari y entré en mi cuenta de mail: la palabra «Inbox» en negrita, y junto a la palabra el número 37 entre paréntesis. Cerré el Safari. Cerré la laptop. Tomé un sorbo de whisky y me pareció desagradable. Tomé otro sorbo. Me di cuenta de que el whisky no me gustaba, nunca iba a ser capaz de disfrutarlo.

Desde que había abierto la puerta del taxi que me dejó en la terminal ocho de JFK, venía esperando (tras cada paso) que un regimiento SWAT me rodeara de golpe al grito de «¡Sorpresa!», pero todos me habían tratado con la mayor amabilidad. Es una trampa, me dije. Me están esperando en la manga del avión. O en Buenos Aires. Cuando aterrice en Ezeiza se me viene encima un grupo SWAT argentino. No sabía si en Argentina teníamos SWAT. Y si lo teníamos, no sabía cómo se le dice a un grupo SWAT en Argentina.

El policía que me revisó el pasaporte antes de permitirme pasar al control de seguridad tuvo que mirarme tres veces para comprobar que esta cabeza rapada es la misma que la de largo cabello castaño de la foto.

¿Por qué me dejan ir?, pensé. Hicimos todo mal. Cometimos mil errores.

Salí del *lounge* y recorrí los *free shops*, rogando sentir el deseo incontrolable de comprar algo. Algo caro. Me hubiera gustado que Juan estuviese vivo para tener la excusa de comprarle una lapicera Montblanc que nunca hubiera usado.

Me metí en el baño de hombres, hice pis en el mingitorio, me lavé las manos y, al mirarme brevemente en el espejo, supe que me había olvidado la mochila con la laptop de Paula en el *lounge*.

PAULA

Me meten en uno de esos cuartos con el vidrio grande espejado y un traductor me hace las preguntas que los policías quieren hacerme: ¿Dónde está? ¿Quién de las dos prendió fuego la gomería? ¿Cuál era el plan de escape?

Vine sola, les digo. Sola.

Sabemos que no, dice el traductor que dicen los policías.

Debería llamarlos «detectives», pero por alguna razón no se lo merecen.

Sabemos que se hospedaron en un hotel acá en las afueras de Noha, dice el traductor que dicen los policías. Sabemos que se hospedaron en un hotel en Manhattan, y que en ese hotel compartieron cuarto.

Entiendo el inglés perfectamente, y el placer que me produce saber que los entiendo funciona como una especie de habitación dentro de este cuarto a la que ninguno de ellos puede acceder.

Si colaborás con nosotros todo puede ser más fácil, dice el traductor que dicen los policías.

¿Qué significa «todo»?

El traductor traduce y los policías me miran con una angustia que me produce el deseo de abrazarlos. Varias veces en mi vida sentí el deseo de abrazar gente que luego no abrazaba. Soy una de esas personas que solamente abrazan cuando las abrazan.

Mi novela es un éxito, le digo al traductor, que traduce, y los policías lo miran como si fuese un robot que se descompuso.

La puerta se abre y entra Jonas, mi abogado. Les grita algo en inglés que no entiendo, aunque sí entiendo lo que significa. Primero sale el traductor, luego los policías. Jonas me agarra de un brazo y me saca del cuarto. Pienso en pedirle que no se preocupe, informarle que sé manejar a los policías, que en realidad existo en esta habitación a la que ninguno de ellos puede acceder, pero no quiero que me vean hablar inglés.

Haber leído tantos policiales encontró su utilidad. En un principio los novelistas norteamericanos imitaban a la policía, hoy la policía imita a los novelistas.

Nos permiten entrar en la sala de visitas y nos sentamos a la misma mesa de siempre; el guardia de seguridad junto a la puerta. Lo que más me molesta de Jonas es que su comportamiento se parece demasiado al de un abogado. Me gustaría pedirle que se relaje, que se permita ser quien sea que es más allá de su profesión.

Imagino que no les dijiste nada, dice.

No. O sí, les dije que vine sola.

Mi inglés es bastante peor que el de la mayoría de argentinos que fueron a un colegio bilingüe y se piensan que hablan un inglés decente.

No vuelvas a hablarles sin mi presencia, dice. Si te quieren hacer preguntas, deciles que antes tienen que ponerse en contacto conmigo. Ellos saben que no tienen el derecho de hacerte preguntas sin tu abogado presente.

Saca un atado de cigarrillos de su maletín, le quita el envoltorio plástico y huele los filtros.

Estoy pensando en preparar una defensa por demencia, dice. No veo otra manera de evitar que pases lo que te queda de vida en la cárcel.

No estoy loca, le digo.

Todos estamos un poco locos.

No soy una demente.

El asesinato de tu hermano te nubló el entendimiento. Sos escritora. Vivís encerrada, imaginando. No te cuesta imaginar. No te cuesta perderte. Le pedí a un asistente que leyera tu novela. Es mexicano. En realidad nació acá, pero el padre es mexicano, o la madre. Me parece que el padre. Me dijo que la protagonista de tu novela comete varios actos de violencia, que es una mujer inestable.

No es inestable. La violencia de Sonia está siempre justificada.

Bueno, no es necesario aclarar eso.

¿Le gustó el libro?

¿Qué?

A tu asistente, ¿le gustó la novela?

No sé.

Preguntale.

La plata que me dio Verónica alcanza hasta la semana que viene.

Hay que hablar con la editorial.

Tu libro no va a ser suficiente para pagar los gastos del juicio.

Mi libro es todo lo que tengo.

Verónica me comentó de una casa en Buenos Aires que podrías hipotecar, o vender.

¿Cómo sabe de mi casa?

No sé.

Aún no es mía, es de mis abuelos.

¿Podrías pedirles plata a ellos?

No.

¿Por qué?

Están muertos.

Ah. Lo siento.

No llegué a hacer la sucesión. Nadie va a comprar esa casa hasta que esté hecha la sucesión.

Una semana. Es todo lo que puedo darte. Perdón. Quiero ayudarte, pero es mi trabajo. La policía de Noha va a otorgarte un defensor público.

¿Qué saben de Agustina?

No mucho. Que llegó en el mismo vuelo que vos. Que estuvo con vos en los dos hoteles. La testigo que te entregó a la policía no la vio. Nadie la vio, solo los empleados del hotel.

Que la dejen ir. Me tienen a mí.

No creo que la dejen ir.

MATTHEW

Me dedico todas y cada una de las tardes a jugar al juego de NAS-CAR compitiendo contra jóvenes que viven quién sabe dónde.

Celia viene a cenar a lo de Ralph y trae *meatball subs*, que compra en el Subway del Hudson Valley Mall. Los comemos en silencio frente a un programa de tele al que no le prestamos atención y los bajamos con cerveza y al final un trago de las botellitas de Maker's Mark que sus padres nos dejaron de regalo cuando vinieron de visita hace unas semanas.

Se pone de pie, busca el control remoto en el sofá y cambia de canal. Esto es nuevo. No sé si alegrarme o sentirme traicionado. A veces siento cosas que supongo que Billy habría sentido.

Oímos un motor que se acerca y estaciona y se apaga y luego a alguien que sube al porche y golpea la puerta. No espera que contestemos y Juliet entra y cierra la puerta y nos mira y luego mira el ambiente pero algo no le gusta y deja de mirarlo y es como si se mirara a sí misma aunque los ojos apuntan a la pared detrás de nosotros.

Hola, dice Celia.

Ahora Juliet sí nos mira y dice:

Están comiendo.

¿Tenés hambre?, le digo. Te doy una punta de mi sándwich. No tenemos otra cosa. Hay cerveza en la heladera.

¿Cómo pueden ser capaces de comer?, dice Juliet y luego a Celia: ¿Cómo sos capaz de comer con él?

Celia busca un cuchillo y corta una punta de su sándwich y luego una del mío y las acomoda en un plato y se lo ofrece.

Matt es el culpable de todo, dice Juliet. El día que aceptó que se le pusiera dura viendo a hombres con tetas los asesinó. A Jake, a Ralph, a Billy. Estás cenando con el hijo de puta que asesinó a tu hijo.

No digas idioteces, dice Celia.

Juliet le quita el plato y lo deja caer al suelo pero como es de plástico no se rompe y entonces empieza a pisotear el pan y las albóndigas.

Basta, dice Celia.

Nadie va a limpiarlo, le digo. Es la casa de Ralph. Pero Ralph no está. Nadie va a venir a limpiarlo.

No me hables, dice Juliet y luego a Celia: Venite a vivir a casa.

Tengo casa, dice Celia.

No tenés nada, dice Juliet. Venite a casa con Cathy y James. Hay lugar.

No asesiné a nadie, digo.

Jake, Ralph y tu Billy, le dice a Celia.

Hay un culpable, digo.

Vos, dice Juliet. Sos el único culpable. Pero no vas a ir en cana. Está bien, ya aprendí a aceptarlo. Pero te vas a pudrir solo. Y nadie va a venir a juntar los restos.

No es el único culpable, dice Celia. Ralph también. Y Jake.

¿Qué mierda decís?, dice Juliet.

Celia, le digo. No.

Los tres quisieron abusar del travesti, dice Celia. Matt, Ralph y el puto de tu Jake. Yo los vi. En realidad no los vi, pasé por la gomería y no estaban. Pero sé dónde estaban. Y Randy sabe dónde estaban. Todos en la policía saben dónde estaban, y lo que estaban tratando de hacer. Matt, Ralph y el *faggot* de tu Jake.

Callate, dice Juliet.

Los tres son culpables, dice Celia. Pero ya pagaron. Dos están muertos, y Matt perdió a Billy. Fin de la historia. Ahora dejanos en paz.

Me pongo de pie porque siento que es lo que debo hacer aunque no sé por qué debo hacerlo. La viuda de Jake sonríe una sonrisa de lo más dulce y sale y oímos el motor que se prende y la camioneta que se aleja. El motor grita como gritan los motores exigidos al máximo y también las llantas chillan contra el asfalto y la casa de Ralph se sacude. Otra vez el motor y las llantas y el golpazo contra el porche de esta casa que tiene cimientos muy poco confiables.

Intento agarrar a Celia de un brazo pero con un gesto me pide que no la toque. Enfila en dirección al cuarto de Ralph y la sigo y salimos por la puerta del fondo al jardín justo cuando la parte delantera de la casa se hunde.

Thelma y Mia me abandonan. Al parecer les salió un laburo de *story editors* en el *writers room* de una serie para Amazon. Sus agentes estuvieron moviendo algunos de nuestros episodios por los *networks*; episodios que yo les permití coescribir y firmar con sus nombres. Me agradecen todo lo que hice por ellas, y me juran y recontrajuran que el único motivo por el que se van es la oportunidad de crecer. Sé que hay otro motivo. No sé cuál es, pero sé que existe y que es más importante que la oportunidad de crecer.

Hago lo posible por mantenerme calma. Otra vez la generosidad se me da vuelta como un guante forrado por dentro con caca del perro blanco que agujereó a Quique.

Eran simples *staff writers*. No tenía por qué otorgarles la oportunidad de escribir episodios. Podría haberles pedido que escribieran episodios sin la obligación de darles un crédito. Los *staff writers* son chepibes del guionismo.

Helen las llama «traidoras». Me pregunta si no hay algo legal que podamos hacer.

No, le digo, los *staff writers* tienen el derecho de irse cuando quieran. Lo único que podemos hacer es escribir la mejor serie del mundo. Que lamenten durante lo que les quede de vida habernos abandonado.

Nosotras dos solas no vamos a escribir la mejor serie del mundo. ¿O sí?

No lo sé.

Tal vez sí.

Cuatro episodios y medio en unos pocos meses.

Pedile al *network* que contrate otros escritores.

¿Quiénes?

Está lleno de escritores.

Apilar escritores en un cuarto no es solución. Vamos a tardar más en identificar quiénes son los que realmente nos sirven que en escribir los episodios que faltan. A no ser que me digas que conocés a alguien que escribe bien y que tiene ganas de trabajar de *staff writer.*

No.

Si querés renunciar lo entiendo.

Ni en pedo renuncio.

Gracias.

En Abraço compro un cortado mediano y dos porciones de *olive oil cake.* Abro la puerta de casa y Quique viene a saludarme, pero enseguida sale disparado hacia el cuarto. La luz de la cocina está prendida. No recuerdo si lo común es dejarla prendida o apagada. Quique vuelve corriendo y detrás aparece Laura.

Sorpresa, dice.

La felicidad que me genera verla en persona es tan grande que no me queda otra opción que disimularla.

Compré *olive oil cake,* le digo. Dos porciones. Iba a comprar una, pero a último momento…

Percibiste algo.

Aunque compré un solo café. Si querés bajo y…

Me hago mate.

No queda yerba.

Traje cinco paquetes.

Te extrañé mucho.

Yo también. ¿Cómo viene la serie?

Nos sentamos en el sofá a tomar la merienda y le cuento que Mia y Thelma me abandonaron.

¿Qué vas a hacer?, me pregunta.

No sé. ¿Cómo te fue con el comercial?

Bárbaro. Los clientes están tan felices que van a gastar fortunas para que aparezca en la tele y el cine, además de los servicios de internet más importantes. La productora tiene pensado presentarlo en el Festival de Cannes.

La felicito, y nos besamos, y el beso cargado de saliva con gusto a *olive oil cake* es como una patada en el culo que nos manda volando a la cama. Pero Laura me aparta suavemente y me pide que espere. Camina hasta su valija aún sin desarmar, abre uno de los bolsillos exteriores y vuelve con un libro angosto de tapa blanda.

Lo leí, dice. Me encantó. Me dieron ganas de leerlo otra vez.

No necesita mostrármelo para saber de qué libro se trata.

Agustina

Salí de la terminal y convencí a uno de esos taxistas ilegales que deambulan por *baggage claim* de que me llevara hasta Poughkeepsie. Cuatrocientos dólares sin propina.

Deambulé un rato por el pueblo. Me metí en un *diner* y cené una *chiliburger* con un vaso de *root beer*. La moza que me atendió me preguntó de dónde era, y le dije, Colombia. Apoyó el cuerpo contra la mesa para explicarme cuánto le había gustado la serie *Narcos*. Pensé en pasar la noche en el *diner*. Esperar que amaneciera con una taza de café que gracias a las costumbres de este país nunca iba a terminar de vaciarse. Pero antes de la una de la mañana pedí la cuenta, pagué y enfilé hacia la ruta.

Hacer dedo a la madrugada en medio del estado de New York asusta menos de lo que uno imagina. Más me asustó entrar en la cabina de un camión y recibir el desconcierto del camionero al comprobar que soy una mujer que nació hombre.

¿Adónde vas?, me preguntó.

Noha.

¿Qué parte?

Donde le quede bien.

Debía tener unos cincuenta años, o cuarenta maltratados. Por la basura que me rodeaba, era adicto al Red Bull, los Doritos y *dips* de queso y salsa picante.

¿De dónde sos?, me preguntó.

Nací acá, en Noha. Pero viví muchos años en Sudamérica.

Raro.

¿Qué cosa?

Que una persona nacida en Noha viva en Sudamérica.

Mis padres eran arqueólogos. Descubrieron huesos de dinosaurio en el norte de Argentina. Vivimos muchos años allá, mientras ellos continuaban la excavación.

Dios puso esos huesos, dijo. Para confundirnos. Tus padres trabajaron años por nada, engañados.

Giró para mirarme con lo que imaginé iba a ser una sonrisa, pero no, sus ojos en las sombras de la cabina me mostraron una pena auténtica, como si el sacrificio en vano de mis viejos lo hubiese afectado profundamente.

¿Hace mucho que trabaja de camionero?, le pregunté.

Toda la vida. Mi padre era camionero, y también mi abuelo, y también el hermano de mi abuelo. Hay algo adictivo en esto de pasarse la vida en una cabina. Una intimidad inmarcesible, excepto cuando subo a algún *hitchhiker*.

Perdón.

No hay problema. Me gusta. Es como un breve recreo de mí mismo.

¿Está casado?

No.

¿Divorciado?

No.

¿Novia?

No hay nada peor que eso.

¿Qué?

Casarse, ponerse de novio, depender de otra persona. No fuimos creados para apoyarnos en otro. Fuimos creados para estar solos. Juntos, pero solos. Completarnos en otro es debilitarnos.

Supuse que vivir tantos años aislado en una cabina que avanzaba por distintas rutas debía devenir indefectiblemente en alguna forma de locura. Pensé en hacerme amiga del camionero, acompañarlo en sus viajes, dejar que me la metiese de vez en cuando en algún baño de estación de servicio. O aprender a manejar el camión, reconstruir a Agustín en un camionero solitario, tan loco como el loco aquel que me llevaba a Noha en medio de la noche.

¿Cómo es tu nombre?, me preguntó.

Annie.

Phil, dijo. Me ofreció la mano derecha y se la estreché. Ya estamos llegando.

VERÓNICA

Una obra maestra.

PAULA

Uno de los guardias me viene a buscar y me pide que lo acompañe.

¿Adónde?, le digo en español.

Recorremos el mismo pasillo de siempre hacia la misma sala de siempre donde por lo común me espera Jonas con su expresión de abogado sin tiempo que perder. El guardia abre la puerta y me doy de cara con Verónica. Me parece que sé lo que esta visita significa, y las piernas se me ablandan como si los pocos músculos que tengo se hubieran hecho puré.

Te cortaste el pelo, le digo.

Me lo cortó Laura. ¿Te gusta? Parezco Alejandra Pizarnik los minutos anteriores a tragarse las mil pastillas de Seconal.

En unos días te va a quedar lindo. Le falta naturalizarse.

¿Cómo estás?, me pregunta.

Mejor imposible.

¿Hablaste con Jonas?

Me dijo que quiere preparar una defensa por demencia. De una manera no tan sutil me pidió que me hiciera la loca.

Agustina me dejó algo de plata para pagarle.

¿La viste?

Sí.

¿Cómo está?

Bien. Se iba a Buenos Aires. Me dijo que en unas semanas va a mandar más plata, para seguir pagando tu defensa. Algo de unos cuadros.

Esa plata es de ella, la única que tiene. Si la gasta en mi abogado...

Por eso estoy acá. Leí tu novela. Me la trajo Laura de Buenos Aires. Las dos la leímos, y nos encantó. Te felicito.

Gracias.

Me gustaría comprártela.

No entiendo a qué se refiere con «comprártela». Ya vendí la novela. La están vendiendo porque la vendí. Laura la pudo comprar en Buenos Aires porque la vendí.

Los *derechos* de la novela, dice, para adaptarla. Perdí dos escritoras.

¿Las perdiste?

Me abandonaron. Nos quedamos solas. Helen y yo. Y aún nos falta escribir cuatro episodios. ¿Qué decís?

¿Qué digo de qué?

Quiero usar *El milagro*. Partes de tu novela. Nuestra protagonista también es una mujer. No se llama Sonia.

¿Cómo se llama?

Lydia.

Me gusta más Sonia.

Quiero llevar mi serie hacia *El milagro*. Usar algunas de tus escenas.

No hay muchas escenas en mi novela.

Hay suficientes. Y por eso se llama «adaptación». No va a ser la versión exacta de tu novela. Si aceptás venderme *El milagro* tenés que saber que voy a escribir lo que quiera. Mi versión. Y que en el contrato que firmemos va a estar claro que no va a haber nada que puedas hacer si los guiones no te gustan. Igualmente te los mandaría para leer, y me interesaría oír tus comentarios.

No leo muy bien en inglés.

Te traigo un diccionario.

Y maté a tres personas.

Sí.

Las prendí fuego.

Pero tenés derecho a una defensa. Y si aceptás venderme tu novela, con esa plata podés financiar un año de abogado. Tal vez dos. Laura hizo cuentas y piensa que debería alcanzarte para dos.

No vi tus películas, le digo.

Son una mierda, dice, y sonríe como Alejandra Pizarnik habría sonreído al descubrir que el frasco de barbitúricos estaba lleno.

AGUSTINA

La gomería quemada a aquellas horas de la noche parecía un pedazo de cerebro negro que alguien había arrancado del cráneo de un gigante y tirado por ahí. No tenía la menor idea de dónde vivía el tercer hijo de puta, el más flaco, el asesino de Juan. Dudaba de que volviese a la gomería, porque no quedaba casi nada, solo paredes chamuscadas y un leve olor a goma quemada que no podía determinar si existía de verdad o solo en mi cabeza.

Di una vuelta al cerebro y encontré una de las sillas de playa junto a la puerta de la oficina. La llevé hasta el árbol y me senté. La señora que le arruinó la vida a Paula dormía. Todos dormían. Todos en Noha dormían a la vez y se despertaban a la vez y se lavaban los dientes a la vez.

Si la gomería es el cerebro de este pueblo, pensé, entonces tal vez Paula lo haya arruinado para siempre. Un pueblo en coma vegetativo.

Que tu abuela haya muerto es una bendición, dijo papá. Imaginate si hubiese seguido en coma, quién sabe por cuántos años. Lo que hubiese sufrido. Lo que hubiese costado cuidarla. ¿Y cuidar a quién? ¿A quién se cuida cuando se cuida a una persona en coma?

Me saco la remera y la cuelgo del apoyabrazos de la silla. Luego me desamordazo las tetas y las reviso: casi perfectas, como siempre, o como desde que me las inventaron en la clínica. Juan me preguntaba cada dos o tres meses si había una manera de hacer desaparecer las cicatrices. Claro que la había, *la hay*, pero nunca me decidí a borrarme las cicatrices, las necesito. No necesito verlas, pero sí saber que están. Saber que mis tetas no son perfectas. Necesito el «casi».

Me quité un tapón de cera de la oreja izquierda. Me acerqué al árbol y pegué la cera en aquel tronco malherido. Alguien había tallado en una de las axilas del árbol: *Matt loves Billy*. Una pareja gay, pensé, que debe vivir oculta en este pueblo retrógrado. Probablemente estén casados con mujeres que nacieron mujeres, y tengan hijos que siguen siendo lo que eran al nacer. Luego recordé que Verónica había hablado de un tal Billy. El nene que había muerto en el incendio de la gomería, la tercera víctima. ¿Quién es Matt? El nene que murió quemado tenía un noviecito con el que se juntaba en la gomería, en secreto, a… No, sabía quién era Matt. No lo sabía con certeza, pero lo sabía. Y también sabía que Billy había sido su hijo. El hijo del hijo de puta.

El hijo de puta vivo había perdido a su hijo. Yo había perdido a Juan. Dos hijos de puta se habían perdido para siempre. Paula se había perdido en parte por mi culpa, y en parte por la suya, y en parte por culpa de su novela. Aunque la impresión que no podía quitarme de encima era la de que Paula no se había perdido sino encontrado.

Me calcé la remera y salí a dar vueltas por Noha. Caminé un rato por *Main Street*. Me detuve a contemplar mi reflejo en la vidriera apagada de una ferretería: el pelo corto me empezaba a quedar bien. Había vivido toda mi vida como Agustina con un temor exagerado del pelo corto.

¿Es peor morir quemado o perder un hijo?

En Noha no parecía haber teatros ni escuelas de actuación. Ni siquiera una sala improvisada en un galpón o fábrica abandonada; un bar de mala muerte donde invitaran a la gente a hacer *improv*. Pensé en José y su escuelita de teatro en Allen. Woody Allen. No entendía cómo había aceptado conformarse con dar clases de teatro en aquel pueblo de mala muerte. Cómo había hecho para maniatar su ego (del tamaño de Artaud) y reducirlo al de un profesor de teatro de alumnos que probablemente ni imaginaban la posibilidad de convertirse en actores.

Cuando llegué al final de *Main Street* (una calle comercial de no más de quince cuadras) pensé que tal vez mi destino era el de vivir de modelo vivo para pintores. Convertirme en el mejor modelo vivo de la historia de Bellas Artes.

Conocer a Juan fue un error, me dije. Enamorarme de Juan, y aceptar que se enamorara de mí, fue un paso en falso. Y toda esta locura no es más que un intento desesperado por volver al camino correcto.

Me disponía a desdecirme, a gritarme en la cara lo equivocada que estaba, cuando lo vi: el hijo de puta vivo, el más flaco, caminando por una de las calles oscuras que bordeaban el pueblo, llevando en la mano derecha un bidón.

MATTHEW

No es fácil ser un alma perdida. Ignoro cuántos días pasaron desde que empecé a perderme o a intentar perderme pero lo que no ignoro es que no me perdí un carajo porque acá estoy diciéndome cosas que no tienen sentido ni utilidad esperando cruzarme con una auténtica alma perdida a la que pueda preguntarle cómo hace uno para perderse en serio.

Si no me pierdo como me gustaría perderme o como le prometí a Celia que iba a perderme entonces sé lo que tengo que hacer y estoy dispuesto a hacerlo. Un ochenta por ciento dispuesto a hacerlo. Setenta por ciento digamos para ser realistas aunque ya no hay realismo en mi vida sino una línea temporal de acciones absurdas que se fue definiendo cada vez más a medida que cada vez más me caía en mi secreto y en la intensidad con la que lo aceptaba.

Oigo que me siguen y giro con la esperanza de darme de cara con un alma perdida. Encuentro a una mujer. Joven. O no tanto. Con el corte de pelo de un soldado raso. Me mira como si intentara reconocerme pero soy yo el que la reconozco porque nunca pude olvidarla.

Agustina

Nunca iba a olvidarlo. Me llenaba de bronca darme cuenta de eso. La cara de Juan era una foto fuera de foco a varios metros de distancia, pero la del hijo de puta vivo estaba ahí en frente. Siempre lo había estado y lo iba a estar.

Matthew

¿Qué hacés acá?, le digo. Les pedí que te dejaran ir. Deberías haber vuelto a tu país.

Estiro el brazo izquierdo para tocarle el hombro y se aparta y dice algo en un idioma que no conozco. Tantos países desperdigados por el mundo que insisten en no aprender inglés… Pero el travesti sabe hablar inglés porque la oí hablarlo en el cuarto de motel y ya no sé cuántas veces soñé con ella hablando inglés o recordé la escena del motel de Carl y la fui cambiando con detalles que al final me permitían quedarme solo con ella y demostrarle que mi idea no era lastimarla, como tampoco había lastimado a Rosa Guzmán.

AGUSTINA

Le preguntaba para qué el bidón y no respondía. Pensé que iba a rociarme con nafta y prenderme fuego, pero entonces me di cuenta de que le estaba preguntando para qué el bidón en español.

MATTHEW

Mi intención es decirle algo pero no puedo dar un paso fuera de la intención y decir lo que pretendo decirle. Aunque no sé del todo qué es lo que pretendo decirle. O sí lo sé pero de alguna manera siento que con la intención es suficiente.

AGUSTINA

No es suficiente. Que haya perdido a su hijo no es suficiente. No puede serlo. No se venga a alguien por accidente. ¿Habría hecho ese viaje si me hubiese enterado antes de que los tres hijos de puta habían perdido a sus hijos en un accidente?

¿Por qué la nafta?, le dije en inglés.

Al igual que aquella tarde con Paula, tenía a uno de los hijos de puta al alcance de la mano y no me decidía a actuar de ninguna de las maneras que había imaginado.

Tal vez no quería vengarme. No era un problema de no animarme, de no tener los huevos, sino de no querer hacerlo. Vengar a Juan no era algo tan importante como había supuesto. Tal vez mi amor por Juan no había sido tan importante como había supuesto. Tal vez Juan no había sido tan importante.

Siento mucho lo de tu hijo, le dije en inglés. Me miró con unos ojos que no parecían entender, y dije: Billy.

MATTHEW

Que el travesti nombre a Billy me desconcierta pero hago todo lo posible por evitar que se dé cuenta. En realidad lo que me desconcierta son sus ojos de mujer. Los mismos que encontré en la mayoría de las mujeres con pene. Ojos de mujer sin pene. No me importa el color ni la forma ni que el derecho esté un poco caído sino la sensación de que hay más mujer en esos ojos que en los de Celia o Juliet o Rosa Guzmán.

Voy a empaparme de nafta y prenderme fuego enfrente de ella u ofrecerle el encendedor que me robé del *deli* de unos indios de la India que se instalaron en el límite sur de Noha a rompernos las bolas con sus uñas sucias y su olor a comida a punto de vencerse y pedirle que me prenda fuego. Destapo el bidón y me mira con pánico o con un placer vestido de pánico y entonces tapo el bidón y lo arrojo a…

AGUSTINA

Una persona absolutamente independiente. No tenía amigos ni familia ni un amor donde apoyarme. No pertenecía a una carrera ni a una forma de ver la vida. Entreví el vacío esencial que somos cuando estamos solos, el estado auténtico de lo que soy. Esperé la llegada de un viento fuerte con olor a vegetales hervidos, pero no nos rodeaba más que una brisa cálida con un leve aroma a nafta que goteaba del bidón en la banquina.

Me dio vergüenza acceder a semejante comprensión de lo que yo era junto al tercer hijo de puta que me miraba sin soltar palabra. Luego me di cuenta de que no había aprendido nada que no hubiese sabido antes. Todos lo sabemos, y nos hacemos los boludos. Elijo creer que todos lo sabemos.

MATTHEW

Como si hubiese algo adecuado en terminar de esta manera con el travesti en una calle oscura de un pueblo que es un engaño pero qué agradable es vivir engañado por este pueblo o cualquier pueblo como este.

Me desagrada la urgencia que siento por tomarla de la mano o las manos y decirle algo que no sé lo que es o rodearle la cara con ambas manos, esa cara de mujer sostenida por un cuello con manzana de Adán, y pedirle que me explique por qué no pude quitarme semejantes deseos de encima o de adentro o de donde sea que soportamos los deseos tanto cuando los ignoramos como cuando no.

AGUSTINA

Debería patearle los huevos, pensé, una y otra vez hasta metérselos adentro. Que no solo haya perdido un hijo sino que no pueda tener otro. Que no reemplace el hijo muerto con uno

nuevo, como mi abuela reemplazaba perros muertos con ca-
chorros.

Al día siguiente de perder uno de sus perros, mi abuela salía
a buscar un cachorro. A veces el mismo día. Entraba a la veterinaria con el perro viejo agonizando y salía con un cachorro intentando treparsele a los hombros.

Mi abuela no sabía lidiar con la pena. Evidentemente yo tampoco. La necesidad de venganza fue mi cachorro. No reemplacé
a Juan con un Juan nuevo, sino con la necesidad de vengarlo.
Pero no me animé. Ahí estaba, aún intentando vengarlo, aún sin
poder hacerlo, a punto de salir de la veterinaria sin cachorro tre-
pándoseme a los hombros.

PAULA

Desde que me permiten usar un reproductor de MP3 y auriculares, giro cada veinte minutos hacia la puerta de la celda esperando que se asome alguno de mis abuelos. Verónica me cargó un
cuadradito marca Apple con decenas de álbumes de *drum and
bass*; le pasé una lista detallada. El pabellón entero es una fiesta
rave en la que los invitados aún no se decidieron a largarse a bailar.

Me acostumbré a la comida, y las cocineras me saludan con
amabilidad antes de soltar los platos en mi bandeja.

No termino de entenderme con las otras presas. No me llevo
mal (no sufrí ninguna de esas escenas que veía en películas como
Atrapadas los sábados a la noche en *Función Privada*, cuando vivía
con Juan y nuestros viejos), pero tampoco congenio. Casi no
hablo, ni siquiera con las presas latinas.

Escribo. Escribo fervorosamente en cuadernos con el *drum
and bass* rompiéndome los tímpanos. Bum bum bum. Vivo con
el *drum and bass* rompiéndome los tímpanos, y tal vez por eso no

congenio con las presas. Existen del otro lado de la pared construida por esta música, que no sé si es música.

Matthew

Me gustaría ser capaz de tomarla de la mano y llevarla a lo de Celia y presentársela y pedirles que conversen un rato y se conozcan y Celia se dé cuenta de que el travesti también es de alguna manera una mujer aunque tenga pene y testículos y manzana de Adán. Necesito que Celia sea otra vez mi coartada, en este caso la que compruebe que mi obsesión por los travestis no tiene que ver con una mera compulsión sexual sino con el hecho de que los travestis son mujeres y no hice más que obsesionarme con mujeres así como la mayoría de los hombres se obsesionan con mujeres y no hacen más que hablar de mujeres y pensar en mujeres y sufrir por mujeres.

Agustina

Intentó agarrarme la mano derecha y le encajé una patada en los huevos. Se cubrió la entrepierna y me miró con ganas de explicarme algo. Me ofreció ambas manos como si la explicación estuviese en aquellos dedos inmensos. Le encajé otra patada en los huevos, y luego otra, y otra, y mientras seguía pateándolo sin piedad me asustó comprender lo absurdo de la situación: que estuviese en una calle a la noche en el medio de aquella nada neoyorquina encajándole patadas en los huevos al padre del nene muerto, en lugar de disfrutar de la cena y una película en mi asiento de *business class*.

El hijo de puta se empezó a reír. Al recibir cada patada soltaba una risita que era al mismo tiempo un suspiro. Pasó un auto con las luces encendidas, y supuse que el conductor iba a estacionar y apuntarme con un arma. La risita me recordaba algo, pero no podía determinar qué. O sí que podía, pero no quería aceptarlo, reconocerlo, abrir los ojos y…

¿Tenía los ojos cerrados?

Los abrí.

Juan en el suelo agitando los brazos en un gesto que significaba MÁS. Me rogaba que le diera con todas mis fuerzas.

MATTHEW

El dolor que hace unos segundos era insoportable se va con el auto que acaba de pasar y se pierde en el silencio de esta noche que es una de las más hermosas del año o la década. Es raro saber que te están pateando y que no duela pero más raro es que la persona que te patea te mire como si en realidad mirase a otro.

Le doy miedo. Quiero decirle que no tenga miedo, que no pasa nada, que puede seguir reventándome los testículos que ya deben flotar en sangre en la bolsa testicular que hace más de treinta años me abrieron para sacarme un quiste que había crecido hasta superar el tamaño de mis testículos. Me lo había palpado tiempo atrás pero no había dicho nada convencido de que se trataba de un tercer testículo y de que tener tres testículos era un signo de distinción.

Lo hiciste a propósito, ¿no?, me dice el travesti.

Interrumpe la última patada y apoya la mano derecha en la rodilla derecha y la mano izquierda en la rodilla izquierda y me mira de la misma forma en la que Celia me miraba cuando quería demostrarme que ella me conocía más de lo que yo me conozco.

No, le digo pero la palabra no termina de salirme.

Como no había futuro para vos, no podía haber futuro para ninguno de los dos, dice. Por eso nos detuvimos en este pueblo de mierda. Eso es lo que querías decirme, lo que necesitabas que entendiera.

Quiero explicarle que ignoro de qué me habla pero el dolor que hace un rato pensé que iba a matarme y se fue con el auto ahora reaparece en mi mandíbula y en mis orejas pero no en las orejas como parte visible del oído, sino en los huesos en los que se apoyan las orejas. No estoy seguro de que las orejas se apoyen en huesos.

Y lo peor es que te hice caso, dice. Te seguí hasta este pueblo de mierda. Acá continúo, en este pueblo de mierda, como si no me pudiera ir.

AGUSTINA

No entendía por qué todo eso que tenía que decirle a Juan tenía que decírselo en inglés.

MATTHEW

Pero no voy a quedarme, dice. Tengo mucho por vivir. Mucho mucho. Más de lo que tendría por vivir si aún estuvieses vivo.

Me ofrece una mano para ayudarme a que me levante pero no me levanto porque el dolor me pide a gritos que me quede quieto. Al ver que no respondo a su ofrecimiento de ayuda sonríe como si alguien que no vemos le acabase de contar un chiste buenísimo. Luego se baja los pantalones hasta las rodillas y se acerca un paso y toma su pequeño pene con dos dedos y lo apunta en dirección a mi cara y empieza a largar un pis cálido que me golpea el pecho y me empapa la remera mientras…

AGUSTINA

… recitaba las líneas finales de la obra de teatro. No las actuaba, solo las recitaba en español. Tuve que recurrir a las líneas de la obra para arrancarme de aquel inglés horrible que se había apoderado de mí.

Luego me subí los pantalones y enfilé de vuelta a Manhattan.

Papel certificado por el Forest Stewardship Council®

Penguin
Random House
Grupo Editorial

Primera edición: marzo de 2022

© 2022, Nicolás Giacobone
© 2022, Penguin Random House Grupo Editorial, S. A. U.
Travessera de Gràcia, 47-49. 08021 Barcelona

Printed in Spain – Impreso en España

ISBN: 978-84-18052-85-9
Depósito legal: B-863-2022

Compuesto en La Nueva Edimac, S. L.

Impreso en en Liberdúplex,
Sant Llorenç d'Hortons (Barcelona)

RK 52859